KB250895

Richard Feynman

파인만, 과학을 웃겨 주세요

내가 **꿈꾸는** 사람_과학자

파인만, 과학을 웃겨 주세요

1판 1쇄 발행 2011년 11월 07일
1판 17쇄 발행 2025년 12월 23일

글 김성화 · 권수진 | **펴낸이** 이재일
기획 이숙은 | **그림** 민은정 | **편집** 이세은 | **교정교열** 염현정
제작 · 마케팅 강백산 · 강지연 · 김주희 | **디자인** 권석연
펴낸곳 토토북 | **출판등록** 2002년 5월 30일 제2002-000172호
주소 04034 서울시 마포구 잔다리로7길 19, 명보빌딩 3층 | **전화** 02-332-6255 | **팩스** 02-6919-2854
홈페이지 www.totobook.com | **전자우편** totobooks@hanmail.net | **인스타그램** totobook_tam
ISBN 978-89-6496-047-9 44890
ISBN 978-89-6496-027-1 44890 (세트)

사진 제공_게티 이미지, 코르비스

Richard Feynman

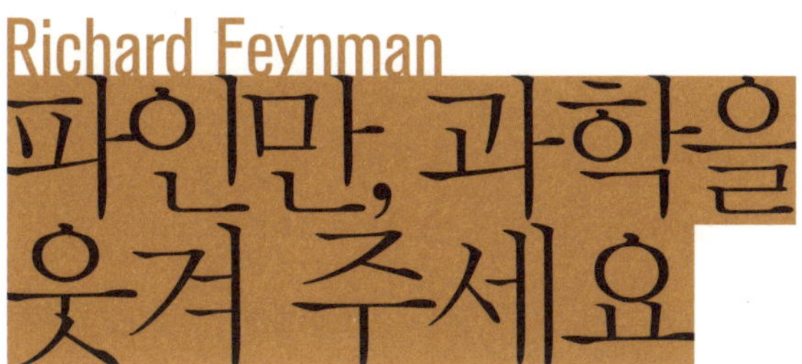

글 김성화·권수진

팀

파인만과 놀자!

머리말을 싫어하는 친구들! 리처드 파인만을 아나요?

리처드 파인만은 물리학자예요. 세상에서 가장 놀기 좋아한 물리학자! 파인만은 현대 양자역학에 기여한 공로로 노벨상을 받았고, 과학자이면서 독특한 품성으로 아인슈타인만큼이나 유명하게 되었어요.

놀면서 어떻게 물리학자가 되었냐고요? 그러게 말이에요. 천재라서 그런 거라고요? 아니에요. 그건 파인만의 어머니가 잘 알아요. 세계적으로 유명한 어느 잡지에 파인만이 세상에서 가장 영리한 사람이라는 기사가 났을 때, 파파 할머니가 되신 어머니가 그랬어요.

"원 세상에, 걔가 세상에서 제일 똑똑하다니요! 리처드야, 스웨터나 좀 껴입어라."

파인만은 천재일지 모르지만, 천재라서 대단한 물리학자가 된 것이 아니에요. 파인만은 세상에서 가장 유쾌하고 유머러스하고 소박하고 재밌는 물리학자였는데, 온 세상 사람들이 물리학을 자기처럼 재미있게 할 수 있다고 큰 소리로 말했어요. 강연을 할 땐 배우처럼 사람들을 웃기고, 광대처럼 손짓 발짓을 하고, 팔을 휘 젓고, 앞으로 갔다 뒤로 갔다 강단을 정신없이 돌아다니며 온몸 으로, 쉽고 평범한 일상의 언어를 사용하여 학생들에게 물리학을 가르쳤어요. 파인만은 과학자란 결코 모든 것을 아는 사람이 아 니라고 말했어요. 모르는 것을 두려워하지 않고, 모르는 것을 정 직하게 모른다고 말할 줄 아는 사람이라고 말이에요.

파인만은 책에 나온다고, 유명한 사람이 말했다고 그대로 믿어 서는 안 된다고 했어요. 스스로 생각해보고, 이해하고, 무엇이 옳 고 그른지 올바르게 따져보아야 하는데, 그것이 바로 우리가 과 학을 배우는 진짜 이유라고 했지요. 과학을 배우면 우리가 무엇 을 모르는지 알 수 있고, 모르는 것을 정직하게 모른다고 할 수 있어요!

파인만은 권위와 격식, 점잖은 체하는 것 근처에는 얼씬도 하 고 싶어 하지 않았어요. 명예라는 글자가 들어가는 것은 무엇이

파인만과 놀자!

나 싫어했고요. 명예박사, 명예학위, 명예클럽, 명예회원…… 그런 단체에서 하는 일이라곤 '누가 다음에 우리 클럽에 들어올 자격이 있는가 없는가' 토론하는 것뿐이라면서요.

멘사클럽에서 파인만에게 입회를 권할 때였어요. 인류의 상위 0.02퍼센트로, 지능지수가 148 이상인 사람만이 가입할 수 있다는 유명한 영재 클럽 말이에요. 파인만의 지능지수가 당연히 아주 높을 것이라 짐작하고 멘사에서 입회하라고 했을 때 파인만은 즐겁게 자기의 지능지수를 공개했어요.

"미안합니다. 제 아이큐는 당신들만큼 높지 않아서 가입할 수 없겠군요! 제 아이큐는 124밖에 되지 않는답니다!"

파인만은 수학이나 물리학이 보통 사람들은 결코 이해할 수 없는 학문이라고 생각하지 않는다고 말했어요. 수학과 물리학이 아무리 복잡하게 보여도 그 모두가 인간이 만든 것이고, 그 무엇도 인간이 결코 이해할 수 없는 종류는 아니라고요. 파인만은 수학과 과학이 어려운 까닭은 선생님들이 잘못 가르치기 때문이라고

파인만, 과학을 웃겨 주세요

했어요. 쉬운 것을 어렵게 가르치고, 과학이 아닌 것을 과학으로 속여 가르치기 때문이라고 화를 냈지요.

파인만은 과학 교사들에게 과학 지식이 아니라, 과학에 대한 경이를 가르쳐야 한다고 했어요. 과학자들이 자연의 비밀을 어떻게 밝혀내었는지, 자연의 아주 깊은 비밀에 한 발 한 발 어떻게 다가갔는지, 아이들 스스로 생각하는 즐거움을 누리고, 발견의 기쁨을 누리게 해주어야 한다고 말이에요!

그렇게 하기 위해 파인만은 어렸을 때부터 학교에서 가르쳐주는 대로 따라 하지 않고 스스로 질문하고 스스로 발견하려고 노력했는데, 아무리 쉬운 것이라도 그렇게 했어요. 파인만은 문제를 자기만의 방식으로 푸는 것을 좋아했어요. 벌써 누군가가 해놓았더라도 그것을 모른 채 스스로 알아냈다면, 그것을 자신의 발견이라 생각하며 기뻐했지요.

파인만은 이론물리학자가 된 다음에도 그렇게 했는데, 덕분에 아무도 생각하지 못한 독특한 방법으로 원자 속 작은 전자들의 행동을 그림으로 상상할 수 있었고, 그 이상한 그림이 '파인만 도형'으로 대학 교재에 실리고 수많은 이론물리학자들이 연구에 이용하는 도구가 되었어요.

과학자는 대개 발견의 업적으로 유명해요. 갈릴레오는 낙하운동과 관성의 법칙을 발견했기 때문에, 뉴턴은 중력과 만유인력을 발견해서, 다윈은 진화론으로, 퀴리부인은 라듐을 발견해서, 아인슈타인은 상대성이론으로 위대하고도 유명한 과학자가 되었어요.

파인만은 양자역학(원자보다 작은 규모의 입자 세계를 다루는 물리학) 분야에서 자신만의 독특한 상상으로 전자들의 행동에 관한 이론을 발표하고 놀라운 업적을 이루었지만, 특이하게도 업적을 제쳐두고 그저 '물리학자 파인만'이라는 사실만으로 더 유명하게 되었어요. 파인만의 시대에 파인만과 함께 일한 과학자들 중에는 위대한 과학자들이 많았어요. 하지만 보통 사람들은 아인슈타인을 빼고는 이름을 알지 못하지요. 과학자는 과학자끼리 이야기하고 물리학자

파인만, 과학을 웃겨 주세요

는 물리학자들끼리만 이야기하니까요.

　파인만은 그러지 않았어요. 파인만은 과학자의 기쁨을 보통 사람들과도 나누고 싶어 했어요. 아무리 어려운 이론물리학이라도 보통 사람들도 이해할 수 있게 설명할 수 있어야 한다고 믿었어요. 파인만은 연구를 하는 틈틈이 어떻게 하면 더 잘 가르칠 수 있을까 생각했는데, 이론물리학을 그보다 더 잘 가르친 사람은 전에도 없었고 후에도 없었어요. 파인만은 1학년이 알아들을 수 있게 설명하지 못한다면 아무리 과학자라 해도 진정으로 과학을 아는 것이 아니라고 슬퍼했어요.

　파인만은 아이들이야말로 과학자와 영혼이 가장 비슷한 종족이라고 했어요. 엉뚱한 것에 호기심이 많고, 아무 쓸모도 없는 것을 그저 알고 싶다는 이유만으로 탐구하고 또 탐구할 수 있는 영혼은 어린이와 과학자뿐이라고요.

　파인만은 멕시코로 여행을 떠났어요. 먼지 뽀얀 흙길을 따라 외딴 산골 마을을 걸었어요. 좁다란 흙길에서 아이들을 만났어

파인만과 놀자!

요. 그 마을에는 학교가 없고, 아이들이 한 번도 과학을 배워본 적이 없다고 하자 파인만은 즉석에서 프리즘을 꺼내 아이들에게 빛과 무지개의 원리를 설명해주었어요. 파인만이 노벨상을 수상한 위대한 물리학자라는 사실은 꿈에도 모른 채 무지개 이야기를 듣는 산골 아이들과, 그 어떤 강연에서보다 더 진지하고 열심이었을 파인만이 떠올라요!

만약에 파인만이 아이들을 위해 말해야 했다면, 아마도 이런 목소리가 아니었을까 상상하면서 우리는 즐겁게 이 이야기를 썼답니다. 정말로 파인만이 된 것처럼 웃고 까불고 화도 내면서 말이에요. 파인만의 목소리, 파인만의 유쾌하고 따뜻한 마음이 여러분에게 잘 전해졌으면 좋겠어요. 하지만 그럴 수 없다 해도 그건 파인만의 잘못이 아니에요. 조금이라도 더 잘 쓰지 못한 우리의 잘못이지요.

친애하는 독자 여러분! 과학을 많이 배우고, 잘 배워서, 여러분 스스로 과학이 무엇인지 이해하게 되고, 과학자의 눈으로 자연을

바라본다는 것이 무언지 깨닫게 되는 그런 날이 오기를 진심으로
기대해요. 그럼, 자신의 힘으로 스스로 파인만을 느끼고, 파인만
에게 감사하게 되는 그런 날이 꼭 올 거예요!

머리말_파인만과 놀자! 004

1 Richard Feynman

노벨상을 받지 않을
방법이 없겠소?

그저 재미로
물리학을 했을 뿐이야 016

쉿! 노벨상은 똥 같은 거야! 022

2 Richard Feynman

나는 아버지에게
과학을 배웠다

라디오 수리공이 될 거야! 032

옷장수 멜빌 파인만 040

내가 어떻게 과학자가 되었지? 044

이름만 아는 것은 과학이 아니다 051

3 Richard Feynman

파인만 군은
보기 드물게 똑똑합니다

파인만식 수학 공부법 062

레오나르도 다빈치 따라 하기 070

MIT에서 물리학을 만나다 075

프린스턴에 오길 잘했어! 084

그렇지 않습니까, 아인슈타인 교수님? 089

4 Richard Feynman
과학자와 놀자

원자로 폭탄을 만들어라?　100

벼락공부 핵물리학　108

위험천만, 오크리지 우라늄 공장　118

우리가 무슨 짓을 한 걸까?　123

스물여섯 살에 내 머리가 끝장나다니!　128

옛날에는 왜 물리학이 재미있었지?　133

5 Richard Feynman
과학자들도 모르는 것이 수두룩하다

못 말리는 과학자　140

수학으로 자연을 봐!　149

6 Richard Feynman
파인만 씨, 농담도 잘하시네요

하고 싶은 게 너무 많아!　158

챌린저호 폭발 원인을 밝혀라　165

자연은 속일 수 없다!　178

나, 이제 죽어도 돼?　183

리처드 파인만의 생애　190

내꿈사 직업 탐구　191

파인만은 과학에 대한 뜨거운 열정을 지녔으면서도

보통 사람들 못지않게 오락과 농담을 즐겼다.

그는 반은 '천재', 반은 '광대'였다.

_물리학자 프리먼 다이슨

노벨상을 받지 않을 방법이 없겠소?

그저 재미로
물리학을 했을 뿐이야

파인만은 재미를 즐기고 모험을 좋아하는 사람이었다. 그가 물리학을 사랑한
이유는 물리학이 재미있고 모험을 주기 때문이었다.

존 그리빈, 《나는 물리학을 가지고 놀았다》

물리학자는 우주적인 직업이란다!

나는 물리학자란다. 즐거운 물리학자 리처드 파인만!

이런, 나를 모른다고? 머리말을 안 읽은 게로군. 좋아, 그래도
내가 물리학자라는 사실에는 변함이 없지.

너희 나라에는 물리학자가 몇 명쯤 있을까? 지구에는 물리학자
가 모두 몇 명쯤 될까? 세계에 있는 물리학자를 다 합쳐도 그 수
는 그렇게 많지 않을 거야. 왕들보다는 많겠지만 이발사보다 많
지 않을 만큼이지.

우주에 외계인이 있다면 물리학자의 수는 조금 더 많아질지 모

르겠다. 우주에 외계인이 있고 지구인과 외계인이 만난다면 그곳엔 틀림없이 물리학자가 있을 거란다. 물리학자는 우주 어느 곳에서나 통하는 자연의 법칙을 다루니까 말이야.

물리학자는 우주적인 직업이란다! 생명체가 살고 있는 외계 행성을 정말로 발견한다면 그곳에 패션 디자이너나 도둑, 은행가, 외교관은 없을지도 모른단다. 하지만 반드시 물리학자는 있어야 하지. 우주 어딘가에 생명체가 존재하는데 그곳에 물리학자가 없다면 우리가 어떻게 만날 수 있을까? 우주 어딘가에 나와는 다르게 생겼지만, 나와 똑같은 직업에 종사하는 생명체가 있을 거라고 상상하니 신나는걸.

물리학자는 요리사, 디자이너, 건축가, 국제변호사, 국제기구 전문가…… 세상에서 가장 글로벌한 일을 하는 사람보다도 더 광대한 세계를 다룬단다. 하하, 언젠가는 다른 별에 가서 근무하는 물리학자가 생겨날 수도 있지 않을까?

하지만 너희 곁에는 여전히 물리학자가 그렇게 많지 않을 거야. 아마도 살아 있는 물리학자를 구경하기란 살아 있는 코끼리를 구경하기보다 어려울지 모른다. 물리학자와 코끼리는 이따금 TV에 등장할 뿐이지. 코끼리를 보려면 아프리카나 동물원에 가야만 하는데, 물리학자도 비슷하단다. 핵물리학연구소나 세계적으로 콧대 높은 대학교 근처에 조금 모여서 살고 있지. 하지만 격

노벨상을 받지 않을 방법이 없겠소?

정하지 않아도 좋아. 세계 어디에나 물리학자가 있고, 물리학자가 되면 할 일이 많이 있단다.

나는 라디오 수리공이 될 줄 알았어

내가 어렸을 때는 이 세상에 물리학자라는 직업이 있다는 것을 몰랐단다. 물리학자라는 말은 들어보지도 못했는걸. 그러니 내가 커서 물리학자가 될 거라고는 상상도 하지 못했지.

어렸을 때 나는 라디오 수리공이 될 줄 알았어! 지금은 거창하게도 물리학자라 불리게 되었지만 내 마음은 라디오 배 속을 들여다보던 어린 시절과 똑같단다. 라디오 속에 어떻게 전기가 흐르고 소리가 날까 신기해하던 것과 똑같은 마음으로 지금은 신비스러운 원자 속을 들여다보지.

나는 원자 속에서 전자들이 어떻게 움직이는지 설명하는 수학 이론을 만드는 일을 했어. 전자들은 눈에 보이지 않고, 전자들을 가지고 직접 실험해볼 수도 없기 때문에 전자들이 어떻게 행동하는지 수학으로 설명해야만 한단다. 운 좋게도 그 일로 나는 노벨상을 받게 되었어. 나에 대한 이야기를 시시콜콜 수집하고 책으로 써준 전기 작가들과 기자들, 동료 물리학자들, 제자들이 나를 위대한 물리학자라고 불러주었지만 나는 내가 위대하다고 생각하지 않는단다. 이것은 내가 겸손하기 때문에 하는 말이 아니야. 우리 앞에 진정으로 위대한 과학자들이 정말로 있었기 때문이지.

물리학 가문의 위대한 조상들

먼 옛날에 물리학자라는 직업이 없었을 때에 나와 비슷한 일을 한 사람들이 있었단다. 그들이 없었다면 물리학자란 직업이 세상에 생겨나지 못했을 것이고 나도 물리학자가 되지 못했을 거야. 그러니 나에 대해 이야기하기 전에 인류의 역사에서 진정으로 위대했던 물리학자들에 대하여 조금 이야기해주고 싶구나. 그럼 우리 물리학자들이 무엇을 하는 사람들인지 조금은 알 수 있을 거야. 나는 그 계보의 끄트머리에 달랑달랑 매달려 있는 말라깽이 물리학자쯤 된단다.

너희도 뉴턴과 아인슈타인의 이름을 들어보았겠지? 뉴턴은 400년 전에 살았던 위대한 물리학자이고, 아인슈타인은 내가 직접 본 위대한 물리학자란다! 뉴턴 앞에는 위대한 갈릴레오 갈릴레이가 있었어.

갈릴레오는 과학의 역사를 시작했고, 뉴턴과 아인슈타인은 과학의 역사를 바꾸었지. 그분들은 인류에게 자연을 바라보는 법을 알려주었어. 인간이 상상할 수 있는 것보다 자연이, 우리가 속한

노벨상을 받지 않을 방법이 없겠소?

이 우주가 얼마나 경이롭고 신비로울 수 있는지 놀라운 능력과 통찰력으로 말해주었단다. 누가 뭐래도 그들은 인류의 사고 체계를 바꾸고, 우리에게 공간과 상상력을 무한대로 열어준 위대한 과학자란다. 그러니 위대한 물리학자라는 칭호는 나에게 어울리지 않아. 하지만 자신 있게 말할 수 있지. 나는 행복한 물리학자이며 누구보다 즐겁게 물리학을 했다고 말이야!

물리학이 어렵다고?

20세기에는 위대한 물리학자들이 많이 있었고, 내가 물리학을 배울 때는 물리학이 눈부시게 발전하고 있었어. 양자역학이 탄생하고 우리에게 입자물리학의 세계가 열렸지. 나는 정말로 위대한 사람들을 많이 만났고, 위대한 과학자들 틈에서 부당하게도 조금 유명하게 되었을 뿐이야. 물리학자이면서 술집에서 봉고●를 연주하고, 꽁꽁 잠가놓은 금고를 따고, 여자들을 좋아하고, 농담 따먹기를 주체할 수 없을 만큼 좋아한다는 이유로 말이야. 거참! 물리학자가 그러면 안 된다는 법이라도 있난 말인지!

나는 그저 재미있게 물리학을 했을 뿐이야! 물리학이 재미있냐

● 봉고(Bongo): 쿠바를 비롯한 중남미 일대에 보급되어 있는 드럼류의 리듬용 민족악기. 작은 두 개의 북이 한 조로 되어 있다. 연주자는 두 무릎 사이에 봉고를 끼고 손가락으로 쳐서 소리를 낸다.

파인만, 과학을 웃겨 주세요

고? 그렇단다. 물리학은 정말로 재미있단다! 재미있는 걸 하면서 어렵다고 생각하는 사람은 없지. 너희는 게임을 하면서 어렵다고 생각해본 적이 있을까? 어렵다고 포기한 적이 있는지.

물리학도 그런 것이란다. 물리학은 정말로 재미있기 때문에 물리학자들은 물리학이 어렵다고 말하지 않는단다. 북을 두드리거나 금고를 털거나 농담을 좋아하지 않아도, 아침부터 밤까지 물리학만 공부한다고 해도 물리학은 언제나 즐겁고 재미있는걸. 하지만 나는 봉고를 잘 치는 물리학자로 더 유명해지고 말았구나. 정말 유감스러운 일이 아닐 수 없어. 봉고 연주자나 금고털이나 농담 따 먹기를 좋아하지 않았다면 유명한 물리학자조차 되지 못했을 테니 말이야.

노벨상을 받지 않을 방법이 없겠소?

쉿,
노벨상은 똥 같은 거야!

"노벨상을 받지 않을 방법이 없겠소?"

"노벨상을 받지 않으면 더 큰 소동이 일어날 텐데요."

노벨상 수상 소식을 듣고 기자와 나눈 대화

행복 유전자

나는 과학자가 되지 않았더라도 행복한 사람으로 살았을 거야. 라디오 수리공, 전기 기술자, 술집 주인, 동네에서 유명한 봉고 연주자, 어쩌면 무명 화가가 되었을지도.

나는 어른이 되어서야 그림을 조금 배웠는데 제법 잘 그리게 되었어. 일주일에 한 번 화가한테서 그림을 배우고, 나는 화가에게 물리학을 가르쳐주었어. 나는 한 번도 그림을 그려본 적이 없고, 내가 그림을 얼마나 못 그리는지 잘 알고 있었는데 기이하게도 내 그림 실력은 쑥쑥 늘어났단다. 하지만 화가는 물리학을 잘 배우지 못했어. 그 뒤로 우리는 두고두고 말다툼을 하게 되었지. 과연 누가 더 훌륭한 선생인가 하고 말이야.

그림 그리기는 재미있었고, 나를 행복하게 해주었어. 무엇이 되었더라도 나는 행복하게 살았을 거야. 우리 몸속에 만약 행복 유전자라는 게 있다면, 나는 그런 유전자를 갖고 태어난 사람 같거든. 하지만 만약에 내가 대통령이나 정치가나 철학 교수가 되었거나 커다란 회사나 공장 사무실에서 높다란 회전의자를 돌리며 남에게 이래라저래라 명령하는 사람이 되었다면, 그것만은 정말 끔찍했을 것 같구나. 그런 삶이 도대체 나와 어울릴까?

다행히도 나는 내가 정말로 좋아하는 일을 하는 사람이 되었어. 과학자가 된 덕분에 나는 열 배로 더 행복한 사람이 되었단다! 나는 행복하게 과학을 했어. 나는 위대한 물리학자가 아니고, 그저 재미로 물리학을 했을 뿐인데 스웨덴 국왕이 노벨상을 주더구나.

파인만 도형

내가 왜 노벨상을 받았는지 지금도 얼떨떨하단다. 나는 아인슈타인의 뒤를 이어 훌륭한 과학자들이 새롭게 발전시켜나가던 이론물리학 분야에서 한두 가지 중요한 발견을 했고 그 일로 노벨

노벨상을 받지 않을 방법이 없겠소?

상을 받았지만 그 발견은 이론물리학의 역사에 아주 조금 보탬이 되었을 뿐이고, 내가 아니었더라도 누군가는 발견할 수 있었을지도 모르는 발견이었거든.

나는 전자의 행동에 관해 연구했단다. 전자는 원자보다 작고 눈에도 보이지 않으니 상상을 하는 수밖에. 내가 전자가 되었다고 상상하고서 내가 전자라면 여기서 저기로 어떻게 갈까 궁리해 보았지. 이쪽에서 저쪽으로 가기 위해 꼭 한 길로 가야만 하나? 걸어갈 수도 있고 날아갈 수도 있고 뒤로 갈 수도 있고……. 내가 어디로 가는지는 아무도 볼 수 없지. 하지만 내가 어딘가에 나타나기만 한다면, 과학자들은 확률을 구할 수 있을 거야. 내가 갈 수 있는 길의 확률을 모두 더해서 내가 있을 곳을 정할 수 있지.

내 생각을 잘 설명할 방법이 없어서 나는 칠판에 희한한 그림을 한 장 그렸는데, 말도 안 되는 것 같은 그 그림이 나에게 노벨상을 안겨주었단다. 그것이 지금은 '파인만 도형'이라 불린다지 뭐냐.

나는 노벨상에 대해 잘 모른단다. 뭘 보고 상을 주는지, 무슨 가치가 있는지도 알지 못하지. 스웨덴의 노벨상 위원회에서 아무개에게 상을 주겠다고 결정하면 그 사람이 받는 것이려니 할 뿐이었지.

노벨상을 안 받을 수는 없나요?

하루는 쿨쿨 자고 있었는데, 요란하게 전화벨이 울렸단다. 노벨상을 받게 되었다면서 기자가 수상 소감을 말해 달라는 거야. 시계를 보니 새벽 4시였어. 나는 버럭 짜증이 났어.

"아침에 전화해도 되잖소?"

"선생님이 기뻐하실 줄 알았습니다!"

수화기를 내려놓고 나는 도로 침대에 누웠어. 좀 더 자고 싶었거든. 그런데 젠장, 잠이 오지 않았어. 끊임없이 전화벨이 울리고, 내 머릿속은 복잡하게 요동치기 시작했단다. 이크, 큰일 났군. 노벨상이라고?

나는 전화기를 뽑아버리고, 고뇌에 잠겼단다. 나는 고뇌하는 걸 정말로 좋아하지 않는데 말이야.

노벨상을 받은 과학자들은 명예와 함께 평생직장을 얻고 편안하게 살아간단다. 하지만 그런 과학자들이 연구에서는 더 이상 아무런 진전을 이루지 못하는 것도 많이 보았지. 유명 인사가 되어 높은 관리직을 맡게 되고, 여기저기 불려 다니며 강연을 해야 하고, 연구는 뒷전이고, 아니 어쩌면 정말로 머리가 안 돌아갈지도 몰라……. 안 돼애~~! 나는 노벨상을 받지 않을 방법을 궁리했단다. 전화기를 도로 꽂자마자 첫 번째로 울리는 전화통에

노벨상을 받지 않을 방법이 없겠소?

1965년 노벨상 수상 축하연에서 아내와 춤추고 있는 리처드 파인만.
파인만은 아는 척, 진지한 척하는 것을 체질적으로 싫어했으며
아이와 같은 호기심과 장난기로 평생을 살았다.

대고 물어봐야지.

나는 수화기를 들자마자 다짜고짜 물었단다. 전화를 건 사람은 《타임》지 기자였어.

"노벨상을 받지 않을 방법이 없겠소?"

그러자 그 기자는 내가 노벨상을 거절하면 노벨상을 받는 것보다 더 큰 소동이 벌어질 것이라고 예언했지.

그렇게 하여 나는 스웨덴 국왕을 알현하게 되었단다. 점잖은 데라곤 눈을 씻고 봐도 없고, 끊임없이 지껄이며 유쾌하고 까불거리기 좋아하는 리처드 파인만이 영화에나 나오는 연미복을 입고 타이를 매고 붉은 카펫을 밟고 국왕 앞에 나아가는 꼴이라니!

나는 노벨상을 받은 다음에는 국왕 앞에서 곧바로 뒤돌아서면 안 되고 뒷걸음질을 치면서 물러나야 된다는 것을 알고 있었지. 어떻게 하면 뒷걸음질을 치지 않고서도 국왕에게 나의 뒷모습을 보이지 않으며 물러나올까 엄청나게 고민하면서 스톡홀름에 도착했는데 다행히도 그 관습만은 없어졌더구나.

개구리 노벨상

노벨상 수상식은 따분했어. 파티에 참석하고 연설을 하고 수많은 사람과 악수를 하고 요란한 소동을 치르고 집에 왔단다. 휴우!

노벨상을 받지 않을 방법이 없겠소?

하지만 즐거운 일도 있었지. 노벨상 수상식이 끝나고 학생들이 주최하는 파티가 열렸는데 개구리 울음소리를 가장 잘 내는 노벨상 수상자에게 학생들이 '개구리상'을 수여했어.

나는 어렸을 때 책에서 개구리 울음소리가 '개굴개굴'이라고 적혀 있는 걸 보고 실망했단다. 진짜로 개구리 울음소리는 그렇지 않다고 생각했거든. 그때부터 나는 개구리 울음소리를 연습해서 진짜 개구리처럼 소리를 낼 수 있었단다. "꽤꽤꽤꾸잉!" 당연히 그날 대회에서는 내가 1등을 차지했지!

하지만 노벨상을 받았을 때 기쁘지 않았냐고? 물론 기뻤어. 그렇지만 그건 노벨상 때문이 아니었어. 내가 발견한 방법을 수많은 물리학자들이 이용하고 나의 방법이 물리학 연구에 훌륭한 도구가 된다는 것이 기쁠 뿐, 내가 노벨상 때문에 조금이라도 더 행복해진 것은 아니란다. 물론 어마어마한 상금을 받아서 해변에 멋진 별장을 사긴 했지만 말이야.

노벨상을 타야만 꼭 위대한 물리학자가 되는 것은 아니란다. 왜냐하면 이 세상에는 노벨상을 받지 못했지만 그만큼, 아니 어쩌면 그보다 더 훌륭한 과학자들도 많이 있기 때문이지.

나는 너희에게 꼭 노벨상을 타는 물리학자가 되라고 할 생각은 없단다. 노벨상 위원회가 상을 주어서 그 발견이 가치 있게 된다고는 생각하지 않으니까 말이야. 과학자들에게 무언가를 발견하

파인만, 과학을 웃겨 주세요

는 즐거움보다 더 큰 상은 없단다. 자연의 이치를 발견하는 짜릿함, 남들이 내 연구 결과를 활용하는 모습을 보는 것, 그런 것이 진짜 상이고 명예이지.

쉿! 귀를 좀 가까이…….

너희에게 귓속말로 해주고 싶은 이야기가 있는데 말이야, 노벨상은 똥 같은 거야! 노벨상을 타기 위해서 눈에 불을 켜고 밤낮으로 연구를 하는 과학자는 없단다. 스웨덴 국왕님께는 몹시도 죄송한 이야기지만 이 세상에 노벨상이라는 것이 없다고 해도 과학자들은 똑같은 일을 했을 거란다. 훌륭한 과학자들은 자기의 일을 기뻐할 뿐이지. 진짜 과학자라면 말이야.

노벨상을 받지 않을 방법이 없겠소?

_파인만의 전기를 집필한 랠프 레이턴과 인터뷰하면서

2

나는 아버지에게 과학을 배웠다

라디오
수리공이 될 거야!

왜 그런지 궁금해, 왜 그런지 궁금해

왜 궁금한지를 왜 궁금해 하는지가 왜 궁금한지 나는 궁금해

파인만이 숙제로 쓴 시의 일부

나만의 실험실

어렸을 때 내 방에는 작은 실험실이 있었어. 그러니까…… 열두 살쯤 먹은 남자아이가 날마다 오그리고 앉아서 갖가지 장난과 짓거리를 했던 곳인데, 다르게 부를 말이 없으니 '실험실'이라고 해두자. 그건 내 보금자리, 나만의 동굴이었단다! 진짜 동굴을 찾을 수 있었더라면 더 끝내줬을 텐데, 사실은 내 방에 있는 냉장고만큼 커다란 나무 상자였지.

처음에 그 나무 상자를 발견하고는 그런 것 하나 두면 재미있을 것 같아서 끌고 왔는데, 점점 잡동사니 소굴로 변해갔어. 내

온갖 보물들, 그것들을 모으느라고 동네 싸구려 잡화상과 쓰레기 장과 공터를 얼마나 뒤지고 다녔는지 모른단다. 전화선, 소켓, 축전지, 퓨즈, 충전기, 전선, 모터, 확성기, 드라이버, 펜치, 망치, 현미경, 장난감 확대경, 곤충도감, 고물 라디오…… 그중에 새것이라곤 거의 없었지.

　내 실험실은 하루 종일 활짝 열려 있었지만 아무도 보물을 훔쳐가지는 않았어. 겨울이면 난로를 갖다놓고 동생과 함께 감자도 구워 먹었는데…… 맛이 정말 기막혔단다.

　동생은 감자를 먹으러 실험실에 들락거리다가 내 조수가 되었어. 하지만 공짜로 일을 시키지는 않았어. 얼마 안 되는 용돈을 털어서 일주일에 2센트씩 봉급도 주었는걸. 친구들 앞에서 마법사 흉내를 내고 불꽃 튀는 전기 실험을 보여줄 때면 동생은 기꺼이 손가락을 실험용으로 빌려주었단다.

　나는 실험실을 환상적으로 꾸미느라고 꽤나 애를 썼어. 나무 상자에 빙 둘러 전선을 연결하고 전구를 달아서 크리스마스 때처럼 반짝반짝 빛나도록 했단다. 나는 전선과 전구를 직렬로 연결해보고 병렬로도 연결해보곤 했어. 전기모터와 증폭기를 만들고, 벌레를 잡아서 관찰하고, 화학실험도 이것저것 해보았지.

나는 아버지에게 과학을 배웠다

구두약에 불이 붙었어!

옛날에는 아이들도 얼마든지 실험용 화학약품을 살 수 있었어. 온갖 약품을 섞고 끓이고 휘저으면 연기가 뭉실뭉실 피어오르고 고약하고도 짜릿한 냄새가 퍼졌단다.

한번은 정말로 큰불이 날 뻔했어. 아버지가 쓰는 구두약을 녹여서 실험실에 칠할 페인트를 만들려다가 그만 구두약에 불이 붙어버렸지. 엉겁결에 쓰레기통에 던졌는데 연기는 계속 피어오르고, 하는 수 없이 쓰레기통을 창밖으로 내밀었어. 그런데 바람을 맞고 불길이 도로 거세졌단다. 너무 뜨거워서 에라 모르겠다 뒷마당으로 던져버렸지.

고약한 냄새가 진동하고 하마터면 큰불이 날 뻔했는데도 어머니가 어쩌면 그리도 태연하셨는지! 그때 어머니는 친구 분들과 아래층에서 차를 마시고 계셨어. 연기가 무럭무럭 나는 웬 쓰레기통이 아들 녀석 방에서 떨어지는 걸 목격하셨는데, 친구 분들이 아들이 몹시도 걱정스럽다는 투로 말하는데도 어머니는 그럴 만한 가치가 있는 일이라고 웃어넘기셨단다.

어머니는 이야기를 좋아하고 유머가 넘치는 분이었어. 언제나 식탁에서 떠드는 사람은 어머니와 나뿐이었으니…… 나는 어머니에게서 유쾌한 기질과 농담을 일삼는 재주를 물려받았단다.

라디오 고칩니다

열두 살 무렵을 돌아보면 나는 작고 빼빼 마른 개구쟁이였단다. 노느라 바빠서 책 읽을 틈도 없었지. 나는 계집애처럼 보이는 걸 싫어했는데 왜냐하면 계집애들보다 더 수줍음을 많이 타는 데다 운동 실력도 형편없었기 때문이야.

아이들이 야구를 하고 있으면 그냥 지나갈까 다른 데로 둘러갈까 고민한 적이 한두 번이 아니었어. '재수 없게 공이 나한테 날아와 아이들이 던져달라면 어떡하지?' 내가 던진 공은 언제나 엉뚱한 곳으로 날아가서 아이들이 웃어댔거든. 그래도 자전거는 두 손 놓고 탈 수 있었고 또 라디오 고치는 솜씨는 수준급이었지.

라디오 수리공 꼬마 딕! 어렸을 때 내 별명이었단다. 라디오 수리공으로 다른 마을까지 제법 이름을 날리고 용돈도 조금 벌 수 있었으니 그 시절에 내 자랑스러운 일거리였어.

이제는 고장 난 라디오를 가지고 노는 아이들이 없지. 옛날에는 고장 난 라디오가 남자아이들의 훌륭한 장난감이었는데 말이야. 쓰레기장에서 고장 난 라디오라도 줍는 날이면 우리는 개선장군처럼 발걸음도 씩씩하게 전리품을 안고 집으로 귀환했단다.

라디오는 정말 재미있는 상자여서, 멀쩡하건 다 망가진 고물이건 참으로 좋은 내 친구였어. 멀쩡한 라디오는 내게 노래를 들려

나는 아버지에게 과학을 배웠다

주었고, 흥미진진하고 아슬아슬한 추리 드라마 〈범죄클럽〉 이야기도 들려주었어.

고물 라디오는 훨씬 더 흥미진진했지. 고물 라디오는 종합 수수께끼 선물 상자였단다! 나사를 풀고 상자의 덮개를 열기만 하면! 엄지소년 같은 것은 그 속에 살고 있지 않았지만, 저항기, 콘덴서, 증폭기, 진공관…… 이름도 신기한 라디오 속 나만의 작은 공장이 펼쳐졌단다.

내가 어렸던 시절에는 라디오가 거의 사과 궤짝만 했어. 그래서 네모난 상자 안에서 무슨 일이 일어나고 있는지 이해하기도 훨씬 쉬웠단다. 라디오 속에는 부품마다 딱지가 붙어 있고, 가느다란 전선이 꾸불꾸불 이어져 있었는데 전기가 흘러가는 길이 한눈에 보이는 것 같았어.

어떤 때는 라디오를 열어보기만 해도 어디에 문제가 있는 건지 금방 알 수 있었어. 무언가가 녹은 흔적이나 검댕이 묻은 곳이 있다면 거기가 몹시 뜨거워서 타버렸다는 뜻이지. 전선이 잘려 있거나 코일이 풀려 있기도 했어. 아무리 들여다보아도 멀쩡하게만 보여서 어디가 고장 났는지 알 수 없을 때도 많았는데, 그럴 땐 회로에 전압계를 대어본단다.

나는 라디오 고치는 게 점점 더 재미있어졌고, 라디오가 고물이면 고물일수록 더 신이 났단다. 수리가 오래 걸릴 때도 있었지

파인만, 과학을 웃겨 주세요

만 원인을 알아내기만 하면 고칠 수 있다고 생각했기 때문에 끝까지 해냈어. 쓰레기장을 뒤지거나 용돈을 털어 벼룩시장에서 애써 고물 라디오를 구하지 않아도 차츰차츰 옆집에서, 건넛집에서 고장 난 라디오가 내게로 왔단다. 그뿐인가, 먼 곳으로 출장 수리도 가게 되었는걸!

생각하고 있다고요!

어느 날 나는 엉덩이 주머니에 드라이버와 펜치를 꽂고, 나를 데리러 온 아저씨를 따라 고물 트럭에 올라탔단다. 그 아저씨는 가난해서 수리점에 라디오를 맡길 수 없었기 때문에 나를 찾아오긴 했지만, 꼬마 수리공을 별로 믿지 못하는 눈치였어. 아저씨는 미심쩍어하면서 내가 라디오에 대해 좀 아는 게 있는지, 어떻게 라디오를 고치는지 이것저것 캐묻기 시작했지.

아저씨 집에 도착해서 라디오를 켰어. 헉, 나는 라디오 안에서 전쟁이라도 터진 줄 알았단다! 빠바바밧바바빠바빠바바랏빠! 이러기를 5분쯤, 라디오가 간신히 얌전해지고 소리가 정상으로 되돌아왔어.

아저씨는 내가 얼른 라디오 덮개를 열고 어설프게라도 수리를 시작할 줄 알았지. 하지만 나는 라디오를 뜯지 않았어. 뒷짐을 지

나는 아버지에게 과학을 배웠다

고 왔다갔다 돌아다녔지. 이렇게 심한 잡음이 어떨 때 생기더라? 진공관이 가열되는 순서가 잘못되었나? 만약에 진공관이 신호를 받을 준비를 끝냈는데도 신호가 들어오지 않았다면? 아니면 회로가 잘못 연결되어 있어서 고주파 부분이 작동을 시작할 때 문제가 생긴 걸까? 맞아, 아니야, 맞아…… 속으로 생각하고 또 생각했단다.

"꼬마야, 뭐 하냐? 라디오를 고친다면서 왔다갔다만 하고? 이거 원, 엉터리 아냐!"

라디오 주인이 버럭 화를 냈단다. 나도 같이 소리를 질렀어.

"생각하고 있다고요!"

나는 마침내 라디오를 열고 진공관을 뺐어. 그리고 진공관의 순서를 바꿔서 다시 끼우고, 라디오를 켰단다.

아저씨는 눈이 왕방울만 해졌어!

"허…… 참…… 잡음이 사라졌네!"

그 뒤로 라디오 주인은 어떤 아이가 생각만으로 라디오를 고친다면서 보는 사람마다 붙잡고 내 얘기를 했단다.

라디오 수리공이 있어요. 재주가 기가 막혀요. ○○ 거리에 사는 그 애 이름은 꼬마 딕. 어쩜 이름도 잘 어울리죠~. 흠…… 내 소문이 유행가처럼 이웃 동네로 퍼졌단다. 생각만으로 라디오를 고치는 아이가 산다는 집으로 사람들이 라디오를 들고 왔지. 대공황 때였고 어려운 시절이었기 때문에 어른들은 라디오가 고장 나면 수리점에 맡기는 대신 내게로 가져왔던 거란다.

과학의 세계로 통하는 문

불행히도 지금은 고장 난 라디오를 가지고 노는 아이가 없고, 라디오 배 속도 더 이상 아이들의 신기한 작은 공장이 아니게 되었어. 증폭기와 진공기, 저항기와 콘덴서, 어지럽게 얽힌 회로들로 소년들의 눈길을 사로잡았던 라디오 배 속은 이제 반듯하고 깨끗한 반도체 칩들로 바뀌었고, 납작한 반도체 칩만으로는 라디오의 원리를 이해할 수도 없게 되었단다.

아이들을 스르르 과학의 세계로 이끌어주는 마법의 문들이 있는데, 내게는 라디오가 그런 것이었어. 나와 같은 아이들이 어느 도시, 어느 마을엔가 또 있었을 거란다. 어떤 아이는 별에 대한 궁금증을 풀기 위해 천문학자가 되고, 또 어떤 아이는 개미에 매료되어 유명한 곤충학자가 되고…….

지금 너희는 무엇을 하며 놀고, 자기도 모르게 과학의 세계로 이끌리게 될까……. 정말이지 무엇을 해도 좋단다. 너희가 좋아하는 것을 너희만의 방법으로 즐겁게 하기만 한다면!

옷장수 멜빌 파인만

"교황도 우리와 똑같은 사람이야.
제아무리 교황이라도 저녁을 먹고, 잠자고, 방귀를 뀐다!"

멜빌 파인만

내 조상은 유대인 상인

나는 아버지에게 과학에 대한 모든 것을 배웠단다. 아버지는
과학을 좋아했지만 정식으로 과학을 배운 적이 없었어. 내가 알
기로 나의 조상 중에는 과학자가 한 명도 없었단다. 우리 조상들
은 가난한 유대인 출신으로, 아무도 과학과 관련된 일을 하신 분
이 없었어. 아버지와 할아버지가 취미로 수학과 과학을 좋아했다
는 것 밖에는.

나의 가까운 조상들은 무언가를 팔러 다니는 사람이었어. 우리
외할아버지는 봇짐장수였어. 영국의 고아원에서 자랐는데 나중

에 미국으로 건너와 등짐을 지고 바늘과 실을 팔러 다녔지. 어느 날 외할아버지는 시계 가게에 시계를 고치러 갔어. 그곳에서 아리따운 아가씨를 만났는데, 아버지를 도와 가게에서 일을 하던 시계 가게 맏딸과 사랑에 빠져버렸단다. 두 분은 결혼을 해서 함께 모자 사업을 벌였고, 모자가 아주 잘 팔려서 부자가 되었어.

그때는 제1차 세계대전이 일어나기도 전이었는데, 여자들이 머리에 멋진 모자들을 얹고 다니는 게 대유행이었어. 두 분은 뉴욕이 멀지 않은 시골 교외에 저택을 장만하셨고, 그 집에서 다섯 아이가 태어났어. 1895년에 마지막으로 우리 어머니 루실 여사가 태어났지.

어머니는 유복한 환경에서 자라고 좋은 학교를 졸업했고 유치원 교사가 될 뻔했단다. 하지만 어머니는 유치원 교사가 되는 대신, 멜빌 파인만의 아내가 되었어!

멜빌 파인만. 자신은 아무것도 배우지 못했지만 할 수 있는 한 나에게 모든 것을 가르쳐주신 내 아버지의 이름이란다.

"교황도 방귀를 뀐다"

아버지는 옛 러시아에 속해 있었던 동유럽 벨로루시의 유대인 마을에서 태어났어. 나는 그 마을에 가보지는 못했지만 샤갈의

나는 아버지에게 과학을 배웠다

그림으로 보아서 상상할 수 있단다.

아버지는 다섯 살 때 부모님을 따라 미국으로 이민을 왔어. 미국에 정착한 수많은 유대인 가족들과 마찬가지로 할아버지 할머니는 가난했단다. 아들을 학교에도 보낼 수 없었기 때문에 할아버지는 집에서 아버지를 가르치셨어. 아버지는 의사가 되고 싶었지만 가난해서 대학에 갈 수 없었어. 대신 민간요법을 가르치는 학교에서 조금 공부했는데 그마저도 학비를 낼 수 없어서 그만두어야 했단다.

아버지는 돈을 벌기 위해 온갖 일을 했어. 집에 다 팔지 못한 자동차 광택제가 쌓여 있던 적도 있었고, 세탁업을 하려는가 싶더니 어느 날 제복 회사에 취직했단다. 다행히 그 일이 잘되어서 아버지는 오랫동안 그 일을 했어.

너무 오래 제복을 팔아서일까? 아버지는 번지르르한 제복과 그 제복을 입는 사람들을 꿰뚫어보는 특이한 능력이 생기신 것 같아. 어느 날 신문에 대문짝만 하게 교황의 사진이 실렸지. 그것을 보고 아버지가 말씀하셨어.

"이 사진을 잘 보거라. 사람들이 교황 앞에서 절을 하고 있지? 이 사람과 다른 사람들의 차이가 무엇일까?"

어린 꼬마인 내가 어떻게 그런 것을 알 수 있었을까. 아버지가 말씀하셨단다.

파인만, 과학을 웃겨 주세요

"그 차이는 모자뿐이란다! 교황이 머리에 쓰고 있는 저 모자 말이다. 저 사람도 우리와 똑같은 사람이야. 제아무리 교황이라도 저녁을 먹고, 잠자고, 방귀를 뀐다!"

아버지는 제복이 상징하는 권위를 몹시도 싫어했어. 그런 것은 아무것도 아니라고 늘 말씀하셨지. 어른이 되어 나는 제복을 입은 사람들을 수없이 만났단다. 장교들, 장관들, 빳빳하고 빛나는 제복을 입은 사람들 앞에서 주눅 들지 않는 법을 나는 어렸을 때 아버지한테 배웠단다.

나는 아버지에게 과학을 배웠다

내가 어떻게
과학자가 되었지?

"과학이란 무엇입니까?"

"과학이란 상식입니다!"

1966년 4월 전국 과학교사협회에서 한 강연 중

젠장, 도대체 과학이 뭐야

"과학이 뭐예요?" 아마도 이렇게 멍청한 것을 묻는 아이들은 없을 거야. 그런데 어른들은 나에게 이런 것을 물어본단다. "과학이란 무엇입니까?" 언젠가 나는 선생님들과 선생님을 가르치는 선생님들, 교과 과정을 만드는 전문가들 앞에서 과학이란 무엇인가에 관해 강연을 해야 했단다.

그래서 생각을 해보았지. '과학이 무엇일까? 도대체 과학이 뭐지? 아아, 과학이란 무엇일까요?'

도무지 생각이 나지 않았어. 이런! 내가 꼭 수염 할아버지 꼴이

파인만, 과학을 웃겨 주세요

었단다! 옛날에 수염 할아버지가 살았는데 수염이 발바닥을 간질일 만큼 길었거든. 하루는 꼬마 아이가 "할아버지는 수염을 이불 안에 넣고 주무세요, 꺼내놓고 주무세요?" 하고 물었더니, 수염을 꺼내놓고 잤는지 이불에 넣고 잤는지 아무래도 알 수 없어서 밤새 수염자락을 꺼냈다 넣었다 하느라고 한숨도 못 잤다는 이야기 말이야.

나는 평생 동안 과학을 했고 과학이 무엇인지도 잘 알고 있었는데! 이러다간 집에 돌아가다가 생각이 꼬여 더 이상 아무런 연구도 할 수 없게 되는 건 아닐까?

나는 무슨 말이라도 해야 했어. 하지만…… 도무지 훌륭한 말이 떠오르지 않는걸. 그런 주제는 너무 어렵고, 나는 철학자처럼 어려운 말로 이야기하는 것도 무지 싫어하거든.

그러다가 한 가지 생각이 났단다. 내가 어떻게 과학을 배웠는지 말이야! 과학이 무엇인지 번드르르하게 늘어놓는 건 못하겠어. 하지만 호기심 많은 꼬마 아이가 생각하고, 궁금해하고, 관찰하고, 무엇을 어떻게 알게 되었는지는 이야기해줄 수 있지. 그러니까 우리 아버지가 나에게 알려주려고 부단히 애를 쓰신 바로 그것…….

나는 아버지에게 과학을 배웠단다! 내가 태어나던 날 아버지는, "이놈은 커서 과학자가 될 거야." 하고 껄껄 웃으셨다는데,

나는 아버지에게 과학을 배웠다

정작 나에게는 과학자가 되라고 하신 적이 한 번도 없었어. 하지만 나와 늘 이야기하고 놀아주었지.

백과사전에 흠뻑 빠졌어

우리 집에는 《브리태니커 백과사전》 한 질이 있었어. 살림도 넉넉지 않은 형편에 아버지가 거금을 주고 사 오신 것이었단다. 우리는 백과사전을 즐겨 읽었는데, 하루는 공룡에 관한 부분을 읽게 되었어. '티라노사우루스는 약 1억 년 전에 살았던 육식공룡으로……'

티라노사우루스? 이름이 근사하게 들렸어.

다음 줄에는 이렇게 씌어 있었지.

'키 6미터. 몸길이 16미터.'

그러자 아버지가 말씀하셨단다.

"얘야, 이게 도대체 무슨 말일까? 키가 6미터라니, 천천히 생각을 해보자. 그러니까 이 말은 이런 뜻이구나. 만약에 이 공룡이 지금 우리 집 마당에 서 있다면, 2층 창문으로 머리를 쑥 내밀 수 있을 만큼 키가 크다는 말이야."

그때 우리는 2층에서 책을 읽고 있었지. 우와! 그럼 거인, 아니 괴물이잖아! 티라노사우루스가 정말로 우리 집 마당에 서 있고,

파인만의 가족사진. 오른쪽 아래가 천문학자가 된 여동생이다.
어린 시절 파인만은 자전거를 타고 동네를 누비며
라디오를 고쳐주는 꼬마 수리공이었다.

나는 아버지에게 과학을 배웠다

내 방 창문으로 머리를 들이밀려는 것 같았단다.

우리는 백과사전을 계속 읽었어.

'두개골 둘레는 2미터로, 몸에 비해 큰 머리를 가지고 있다.'

아버지가 또 말씀하셨지.

"음, 하지만 안심해도 되겠다. 이 녀석 머리가 너무 커서 우리 집 창문으로 고개를 쑥 들이밀 정도는 안 되겠는걸."

녀석의 커다란 머리가 창문에 끼어 있고, 어리둥절하여 눈을 데굴데굴 굴리는 모습을 상상하니 정말로 웃겼단다. 백과사전에서 본 공룡 이야기는 신기하고 재미있었어. 그렇게 큰 동물이 지구에 살았는데 한꺼번에 멸종해버렸다니, 그런데 그 이유를 아무도 모른다니 말이야.

쉬운 말로 바꿔 말해봐

나는 아버지에게 소중한 것을 배웠어. 백과사전을 보면서 지식이 아니라 지식보다도 더 중요한 것을 보는 법을 말이야.

나는 책에서 어려운 말이 나올 때마다 내가 알 수 있는 말로 쉽게 바꾸어서 상상해보는 버릇이 생겼단다. 책에 씌어 있는 어렵고 딱딱한 말이 실제로는 그러니까 정말로는 무슨 뜻인지 이해하려고 노력했어.

그 버릇은 지금도 여전한데, 지금도 다른 과학자가 쓴 어려운 논문이나 배배 꼬인 보고서들을 읽을 때 이렇게 하지 않으면 도무지 알 수가 없기 때문이야. 나는 유명한 사람들이 모인 토론회에 참석해야 할 때가 많았는데 그런 회의일수록 더 어려운 말을 쓴다는 것을 알았지. 한번은 이런 문장을 보았어.

'공공사회의 각 구성원들은 시각과 상징체계를 이용하여 정보를 획득한다.'

이건 암호인가, 외계인의 말인가! 나는 머리카락을 움켜쥐고 생각했어. 이것이 도대체 무슨 말인지 몰라서 한참을 들여다보고 또 보고, 뒤집어보고 바로 보고 되씹어보았지. 아버지가 가르쳐준 대로 쉬운 말로 바꾸어보니 바로 이런 뜻이었단다.

'사람들은 읽는다!'

나는 아직도 그 이유를 모르겠는데, 이상하게도 사람들은 쉬운 것을 어렵게 쓰고 어려운 말로 이야기하기를 더 좋아한단다. 도대체 왜 그래야 하지?

교과서나 신문이나 책이나 유명한 사람들이 어려운 말을 지껄이면, 절대로 주눅 들지 말고, 쉬운 말로 바꾸어서 생각해보아라. 네가 무식한 것이 아니라 세상이 멍청한 거야! 세상은 거만한 바보들로 넘쳐난단다. 거만한 바보들은 쉬운 것을 어렵게 이야기하지. "거만한 바보들의 말을 믿지 마라!" 어렸을 때 아버지가 내게

나는 아버지에게 과학을 배웠다

그렇게 가르쳐주신 것에 대해 나는 지금도 감사하고 있단다.

　진정한 바보는 아무런 잘못이 없고 그들과 이야기하고 도움을 줄 수도 있지만, 자기가 바보인지 모르는 거만한 바보들은 어찌 해 볼 도리가 없단다. 나는 토론회에서 '거만한 바보'들을 무더기로 만났고, 그 뒤로 다시는 거만한 바보들의 모임에는 참석하지 않기로 했지.

이름만 아는 것은 과학이 아니다

"아들아, 너에게 이렇게 밤새도록 가르쳐줄 수 있단다.
하지만 이름만 아는 것은 아무것도 아니야.
이 세상 모든 말로 저 새를 뭐라 부르는지 알게 되어도
네가 저 새에 대해 진짜로 알게 되는 것은 아무것도 없거든."

멜빌 파인만

멜빌 씨처럼 좀 해봐욧

아버지는 산에 가는 걸 좋아하셨어. 하지만 혼자 가는 것보다 나를 데리고 가는 것을 훨씬 더 즐거워하셨지. 우리 마을에는 어린아이도 쉽게 올라갈 수 있는 산이 가까이 있었어. 주말이 되면 우리는 먹을 것을 싸들고 아침 일찍 집을 나섰단다. 돌멩이를 들추고 개울물을 들여다보고 부드러운 흙을 헤집어보면서 우리는 몇 시간 동안 숲 속을 헤매고 다녔어. 아버지는 풀과 나무, 흙, 새와 벌레들에 대해 이런저런 이야기를 재미나게 들려주었단다.

이런 아버지가 동네에 소문이 안 날 수가 있을까. 동네 아주머

나는 아버지에게 과학을 배웠다

니들은 자기 아이들도 함께 데려가 달라고 아우성이었지. 하지만 아버지는 나와 보내는 오붓한 시간을 방해받고 싶지 않다면서 거절했단다.

"집구석에 누워 있지만 말고 멜빌 씨처럼 좀 해봐욧!" 어느 날 아주머니들은 자기 집 남편들을 들볶아서 아들과 함께 주말에 숲 속으로 쫓아 보냈어. 한동안 우리 마을에서는 주말에 아버지들이 아들과 함께 산으로 가는 것이 대유행이었단다.

이름만 아는 것과 정말로 아는 것

하루는 학교 가는 길에 친구가 물었어.

"너, 저 새가 무슨 새인지 아냐?"

그애는 은근히 뻐기면서 물었는데, 아버지와 함께 숲 속을 산책해서 새의 이름을 아는 것 같았단다. 나는 모른다고 말했어.

"넌 그런 것도 모르냐? 저건 갈색목덜미개똥지빠귀야!"

하지만 나는 그 새에 대해 '알고' 있었단다. 아버지가 그 새에 대해 벌써 가르쳐주었거든.

"저 새는 스팬서휘파람새란다. 이탈리아 말로는 포르따델라피오라고 하고, 콜롬비아 말로는 봉다페이다라고 하고, 중국 말로는 챠옹롱따라고 하고, 일본 말로는 우찌까따노데케다라고 하고,

콩고 말로는 우가우뿡가라고 부르지."

하하하! 나는 아버지가 즉석에서 마음대로 지어내서 하는 말이라는 것을 알았어.

"아들아, 너에게 이렇게 밤새도록 가르쳐줄 수 있단다. 하지만 이름만 아는 것은 아무것도 아니야. 이 세상 모든 말로 저 새를 뭐라고 부르는지 알게 되어도, 네가 저 새에 대해 진짜로 알게 되는 것은 아무것도 없거든. 그러니 이제부터 우리 저 새가 정말로 무얼 하는지 지켜보자. 저기 봐라. 저 새가 자꾸 깃털을 쪼고 있는 게 보이지? 새가 왜 그런다고 생각하니?"

"깃털을 고르려고요."

그러자 아버지가 물으셨어.

"왜 깃털을 고르는 걸까?"

"날아다니다가 깃털이 헝클어져 그러는 거 같아요."

"오냐, 네 말대로라면 저 새는 날아다니다가 방금 땅에 내려앉았을 때 깃털을 가장 많이 쪼겠구나? 그렇지? 정말 그런지 한번 지켜보자꾸나."

우리는 오랫동안 새를 관찰했단다. 그런데 새들은 방금 땅에 내려앉았을 때나 그냥 쉬면서 돌아다닐 때나 상관없이 아무 때고 깃털을 쪼아댔어. 나는 아버지에게 물었어.

"왜 깃털을 쪼아요?"

나는 아버지에게 과학을 배웠다

그제야 아버지는 웃으면서 말씀하셨단다.

"가려워서 그러는 거란다. 깃털 속에 이가 살고 있거든. 이는 새의 깃털에서 떨어지는 부스러기를 먹고 살아간단다. 또 이의 다리에는 진드기가 살고 있어. 이의 다리에서 맛있는 물 같은 것이 나오는데 진드기가 그걸 먹고 살지. 진드기가 그걸 먹고 다 소화하지 못해서 진드기 꽁무니에서 진득진득한 즙이 나오는데 그것을 또 박테리아가 먹고 살아가지."

하하! 어쩌면 그건 다 엉터리였는지도 몰라. 깃털 속에 살고 있던 것이 정말로는 이나 진드기가 아니라 다른 것이었을지도.

하지만 아버지는 새의 깃털 속에도 눈에 보이지 않는 작은 먹이사슬이 있다는 걸 가르쳐주고 싶었던 거란다. 자연에는 눈에 보이지 않지만 생태계가 있고 먹이사슬이 있다는 것을 말이야. 아버지는 언제나 그런 식으로 말씀하셨지. 무언가를 가르쳐주고 싶으실 때 자세한 내용이나 이름은 틀리기도 했지만, 자연에 숨어 있는 원리나 본질에 대한 설명은 언제나 옳으셨어.

그런 식으로 나는 무언가의 이름만 외우는 것과 그것을 정말로 아는 것의 차이를 알아갔단다. 친구들이 새의 이름을 모른다고 놀릴 때에도 나는 조금도 주눅이 들지 않았어. 그 새에 대하여 무언가를 알고 있는 건 녀석들이 아니라 도리어 나라는 생각이 들어서 속으로는 더 우쭐했지.

파인만, 과학을 웃겨 주세요

개뿔, 이게 무슨 과학이야!

불행히도 나는 학교에서는 별로 과학을 배우지 못했어. 그때는 학교에서도 과학을 가르치는 방법을 몰랐단다. 나는 과학 시간에 섭씨온도를 화씨온도로 바꾸고 화씨온도를 섭씨온도로 바꾸는 법을 배웠지. 그것은 과학이라고 할 수도 없는 것이었는데 말이야. 그것은 진정한 과학이 아니었어. 너희는 이것이 왜 과학이 아니라고 하는지 알까?

진짜 과학과 과학 흉내는 다른 것이란다. 어려운 용어를 쓰면서 헷갈리게 하는 것은 결코 과학이 아니니, 너희도 속으면 안 돼!

여기 어린이를 위한 과학책이 한 권 있구나. 오래전에 내가 심사를 보아야 했던 미국의 초등학교 1학년을 위한 과학 교과서 중 한 권이지. 이 책에는 그림이 그려져 있단다. 첫 번째 그림에는 태엽 장치가 들어 있는 장난감 개가 있어. 두 번째 그림에는 진짜 개가 한 마리 그려져 있고, 세 번째 그림에는 자동차 그림이 있어. 그림마다 아래에 이런 질문이 있어.

무엇이 이것을 움직일까요?

너희라면 어떻게 대답할까? 나는 이것이 무슨 문제인지 한참

나는 아버지에게 과학을 배웠다

동안 생각했단다. 물리학과 생물학, 화학 같은 과학의 종류를 가르쳐주려는가 보군, 하면서 고개를 갸웃거렸는데, 알고 보니 그것이 아니었어. 그 책의 교사용 지침서에 답이 나와 있었지.

에너지가 이것을 움직입니다.

나는 그 책을 만든 사람들에게 버럭 소리를 지르고 말았어.

"이런 책으로 아이들이 어떻게 과학을 배우겠소!"

에너지가 자동차를 움직이게 하고 장난감 개를 움직이게 하고 진짜 개를 움직이게 한다고? 그것은 '신'이 자동차를 움직이게 한다거나 '운동'이 자동차를 움직이게 한다거나 '유령'이 자동차를 움직이게 한다는 소리와 아무것도 다를 게 없는 설명이란다.

"장난감 개와 강아지와 자동차를 움직이게 하는 것은 에너지입니다."라는 설명은 전혀 과학적인 설명이 아니란다. 너는 그저 에너지라는 말을 들었을 뿐, 에너지에 대해 정말로 알게 된 것이 아무것도 없으니까 말이야.

장난감 개가 어떻게 움직이는지 정말로 알고 싶다면 장난감 개를 뜯어보아야 한단다. 그러면 그 속에 정교한 톱니바퀴가 들어 있는 것을 볼 수 있고, 장난감이 어떻게 조립되어 있는지, 톱니바퀴가 얼마나 정교하게 만들어져 있는지, 그것을 만든 사람의 솜

씨에 감탄하게 될 거거든. 그리고 태엽을 감았다 놓을 때 태엽이 풀리면서 톱니바퀴를 밀어 올리기 때문에 장난감 개가 움직이게 된다는 사실도 알 수 있지.

마찰 때문에 신발이 닳는다?

여기까지만 해도 너는 훌륭하게 과학을 배운 것이란다. 하지만 나는 너희에게 좀 더 이야기해주고 싶은데, 장난감 개가 움직인 진짜 이유는 따로 있단다. 톱니바퀴를 움직이게 한 힘은 어디서 왔을까? 네가 손으로 힘을 들여 태엽을 감았기 때문이지. 네가 손으로 태엽을 감을 수 있는 힘은 어디서 왔을까? 네가 밥을 먹었기 때문이야. 그렇다면 밥은 어디서 올까? 엄마가 쌀로 밥을 지었고, 쌀은 태양빛을 받고 자라났단다.

이제야 마지막으로 말할 수 있게 되었구나. 장난감 개를 움직인 최초의 힘은 태양에서 온 것이란다! 살아 있는 진짜 개와 자동차를 움직이게 하는 힘도 태양에서 온 것이란다. 자동차를 움직이게 하는 석유도 최초에는 태양에서 온 것이라고 할 수 있지. 태양빛을 먹고 자란 식물이 죽어서 오랜 세월 땅속에 묻혀 석유가 되었으니 말이야.

자, 나는 방금 '에너지'라는 말을 한 번도 쓰지 않고 장난감 개

나는 아버지에게 과학을 배웠다

와 진짜 개와 자동차가 움직이는 원리를 설명했어.

너희도 과학을 배울 때는 이렇게 해야 한단다. 방금 배운 말을 쓰지 말고, 새로 알게 된 내용을 너만의 이야기로 다시 말해봐. 그러면 네가 무엇을 아는지, 무엇을 모르는지 금방 알게 된단다.

언젠가는 어려운 용어를 배우고, 어려운 말을 써야 할 때가 오지. 하지만 처음부터 그렇게 한다면 과학에 대해 아무것도 알 수 없게 되고, 과학은 점점 더 어렵고 끔찍한 과목이 될 뿐이란다.

다짜고짜 공식을 배우고 용어를 배우는 것은 아주아주 나쁜 일이야. 나는 과학책에서 이런 말들도 많이 보았어.

"중력 때문에 아래로 떨어진다."

"마찰 때문에 신발창이 닳는다."

신발은 걸을 때마다 길바닥에 쓸리고 울퉁불퉁한 곳에 부딪히고 닳아서 신발 밑창에 있는 고무가 조금씩 떨어져나가기 때문에 닳는 것이지, 결코 마찰이라는 용어 때문에 닳는 것이 아니란다. 과학을 배우는 아이가 신발이 마찰 때문에 닳는다고 말하는 건 몹시도 슬픈 일이야. 왜냐하면 그것은 과학이 아니기 때문이지.

마찬가지로 물건이 아래로 떨어지는 것도 결코 '중력'이라는 용어 때문이 아니란다. 물건이 아래로 떨어지는 건 아래에서 무언가가 물건을 잡아당겼기 때문이지. 과학자들이 그 힘을 중력이라고 부르기는 하지만 그 힘의 정체가 정확히 무엇인지는 아직도 속 시원히 설명하지 못하는걸.

용어에 주눅이 들어서도 안 되고, 용어를 안다고 으스대도 안 된단다. 나는 이것을 아버지에게 배웠어. 어렸을 때 장난감 기차를 가지고 놀다가 한번은 내가 놀라운 것을 발견했어.

내 장난감 기차에는 화물열차처럼 수레가 달려 있었는데 수레에 구슬을 싣고 철로 위를 신나게 달리면서 놀고 있었지. 내가 기차를 밀고 멈출 때마다 구슬이 떨어졌는데, 기차를 앞으로 끌면 구슬이 뒤쪽으로 굴러가고, 기차를 끌다가 멈추면 구슬이 앞쪽으로 굴러갔단다. 나는 왜 그런 거냐고 아버지에게 물었어. 아버지는 놀라운 이야기를 들려주었어.

"움직이는 물체는 계속해서 움직이려고 하고, 정지해 있는 물체는 계속해서 멈추어 있으려고 한단다. 이런 것을 '관성'이라고 하는데, 그렇게 부르기는 한다만 왜 그런지는 아무도 모른단다."

'관성'에 대해 이렇게 설명해줄 수 있는 사람은 없단다. 과학자가 되고 물리학을 깊이 이해하게 된 다음에 나는 아버지의 설명이 얼마나 훌륭했는지 깨달았어. 아버지는 '관성'이라는 용어만 가르쳐주지 않고, 관성이 정말로 무엇인지 가르쳐주려고 하신 거야. 아버지는 과학자도 아니고 학교에서 정식으로 과학을 배운 적도 없었는데 말이야.

나는 아버지에게 과학을 배웠다

_파인만의 이야기 모음 〈남이야 뭐라 하건!〉

Richard Feynman

3

파인만 군은 보기 드물게 똑똑합니다

파인만식 수학 공부법

"모법답안으로 가는 한 가지 방법을 알기보다 머릿속에
나만의 수학 연장통을 들고 다니는 것이 훨씬 편리하다."
파인만

방정식이 뭐야?

나는 언제나 수수께끼를 좋아했단다. 고등학교 때는 사람들이
만들어낸 거의 모든 수수께끼를, 대단히 어려운 것부터 씹다 버
린 껌처럼 시시껄렁한 것까지 알게 되었어.

나는 수학 공부도 수수께끼를 푸는 것 같아서 좋아하게 되었
어. 하지만 교과서와 책에 씌어 있는 대로 하지 않고 내 멋대로
문제를 풀었지. 그렇게 하는 것이 훨씬 쉽고 재밌는데 다른 사람
들은 왜 그렇게 하지 않는지 도무지 이해가 되지 않았어.

내가 초등학교에 다닐 때였구나. 나보다 세 살 많고 중학교에

파인만, 과학을 웃겨 주세요

다니는 사촌형이 있었는데 그 형은 수학을 잘 못해서 과외 수업을 받았어. 한번은 나도 그 수업에 끼게 해 달라고 졸라서 옆에 앉았어. 형은 2x 더하기 어쩌고 하는 문제를 풀고 있었어. 내가 궁금해하자 형이 말했단다.

"쪼그만 게 뭘 안다고. 이건 중학생들만 풀 수 있는 방정식 문제야. $9+2x=13$에서 x를 구해야 한다고."

나는 답을 알 것 같았어.

"형, 그거 2잖아."

"쳇, 너는 어림으로 푼 거고 이건 방정식으로 풀어야 한단 말이야. 봐봐, 방정식에는 미지수라는 것이 있어. 여기서는 2x를 좌변에 남기고 9는 우변으로 보내고……."

형은 한참이나 이러쿵저러쿵 설명했어.

수학을 못한다고?

아하, 나는 형이 왜 수학을 잘 못하는지 알았단다! 형은 자기는 생각도 하지 않고 그저 남이 가르쳐주는 대로 따라 하기만 하면 답이 나오는 방법을 외워서 문제를 풀고 있었던 거야. 미지수 항만 남기고 남은 항을 우변으로 보내라, 미지수에 곱한 숫자가 있으면 양변을 똑같이 나누어라…… 형은 그대로 했는데, 나는 깜

파인만 군은 보기 드물게 똑똑합니다

짝 놀랐단다. 자기가 지금 무엇을 하는지도 모른 채 그저 따라 하기만 해도 답이 나온다니!

　나는 그때 방정식이 무슨 말인지 몰랐지만 x가 얼마인지 알아내야 하는 거라면 어림으로 풀든, 산수로 풀든, 발가락 셈으로 풀든 x를 구하는 방법 따윈 중요하지 않다는 걸 알았어.

　수학에서 문제를 푸는 특별한 방법이란 있을 수 없단다. 문제의 뜻을 알고 스스로 적절한 방법을 찾아내면 되는 거야.

　너희에게 들려줄 이야기가 있는데 말이야. 사실 교과서에 나와 있는 방법이란, 모든 아이들을 시험에 통과하게 하려고 그럴듯하게 만들어낸 한 가지 방법일 뿐이야! 중요한 건 지금 네가 무엇을 해결해야 하는지 스스로 아는 거란다. 공식대로만 따라 하지 말고, 네가 생각한 대로, 너만의 방법으로 풀어보는 거야.

　교과서에 나와 있지 않은 방법으로 풀었는데 답이 나왔다면 그것도 훌륭한 방법이고 스스로 생각해서 답을 찾아냈으니 더 잘한 일이지.

　자릿수 올림을 배우지 않은 초등학교 1학년 아이가 19+4를 풀어야 한다고 생각해보자. 자릿수 올리는 법을 배우지 않은 1학년 아이라고 해서 19+4를 풀지 못해야 한다는 법이라도 있을까? 19+4를 풀기 위해서 반드시 자릿수를 올리는 어려운 방법을 써야만 할까? 19 다음에 하나, 둘, 셋, 넷을 더 세어서 23이라고 할 수도 있고, 19는 20개에서 한 개가 모자란다고 생각해볼 수도 있고…… 이리저리 궁리하면서 마음대로 풀어볼 수 있도록 자유를 주기만 하면 초등학교 1학년 아이라도 높은 학년에서 배우는 어려운 수학 문제에 용기 있게 도전하고, 푸는 방법을 스스로 발견할 수 있지.

나만의 수학 연장통

수학 문제를 풀 때 방법이 한 가지밖에 없다고 생각하지 마라. 그러면 생각이 굳어져버린단다. 수학에서 무언가를 정말로 발견하는 사람은 새로운 방법으로 답을 얻는 사람이야.

수학을 좋아하는 사람이라면 무언가를 푸는 방법이 벌써 알려져 있고 누구나 다 아는 방법이 있다고 해도, 그 방법을 책에서 뒤적뒤적 찾기보다 자기 나름대로 어떻게든 방법을 고안해내는 것이 더 쉽다고 생각하지. 그리고 그렇게 하는 것을 더 즐거워한단다.

마침내 자기가 알아낸 방법이 책에 벌써 나와 있고 누군가 다른 사람이 오래전에 발견한 것이라는 것을 알게 되어도 상관하지 않아. 그런 사람이야말로 아무도 생각하지 못한 새로운 방법을 찾아낼 거란다.

파인만 군은 보기 드물게 똑똑합니다

설사 그런 것을 하나도 찾지 못한다 해도 자기가 스스로 알아
낸 것 모두가 바로 스스로 해낸 위대한 발견이 된단다!

발견의 기쁨만큼 커다란 보상이 있을까? 위대한 사람들보다 나
중에 태어났다는 이유만으로 스스로 발견하는 기쁨을 누리지 못
할 이유가 뭐람!

하지만 불행히도 학교에서 너희가 이렇게 한다면 선생님에게
지적을 받기도 쉽다는 것을 말해주어야겠구나. 그래도 정말로 수
학은 그렇게 하는 거야! 내 말을 믿어도 좋다. 수학자도 과학자도
정말로 그렇게 하고 있는걸.

모범답안으로 가는 방법 한 가지를 알기보다는 머릿속에 이런
저런 도구가 들어 있는 나만의 연장통을 들고 다니는 편이 훨씬
편리하단다. 그런 버릇 덕분인지 나는 수학을 점점 더 잘하게 되
었어.

그건 꽤 어려운 책인데?

나는 도서관에서 수학을 배웠단다. 그곳에서 수학 선생님을 만
났어. 선생님은 책장에 다소곳이 앉아서 누군가가 발견해주기를
기다리고 있었는데 그분은 바로 멋지게 장정된 네모나고 반듯한
수학 전집이었단다! 나는 초등학교 때부터 고등학생이 될 때까지

책이 닳도록 읽어댔어.

처음에 나는 《실용산수》를 빌렸어. 그다음에는 《실용대수》, 《실용삼각법》…… 이런 식으로 자꾸자꾸 읽어나갔지. 《실용삼각법》은 좀 어려웠는데 그래서 금방 잊어버렸어. 곧이어 《실용미분》이란 책이 나왔단다. 백과사전에서 미분에 대해 읽은 적이 있었기 때문에 이 책도 빌렸지.

사서 아줌마가 나를 아래위로 훑어보면서 말했단다.

"그건 대단히 어려운 책인데?"

할 수 없이 거짓말을 했어.

"아버지가 보신대요."

참, 진짜 거짓말은 아니었구나. 나중에 아버지에게도 보여드렸으니 말이야.

내가 어려운 책을 볼 때는 이렇게 한단다. 한 줄 한 줄 차근차근 읽는데 곧 아무래도 이해할 수 없는 데가 나오지. 그러면 다시 처음부터 읽는 거야. 그래도 모르겠으면 또다시 처음으로 돌아가고 그렇게 몇 번이나 도돌이표를 해야 할 때도 있지만 일생일대의 수수께끼를 풀듯이 끈질기게 덤비면 한 장 한 장 줄어들어 마침내 맨 뒷장이 나온단다.

나는 책 보는 방법을 동생에게도 가르쳐주었어. 동생이 열네 살이 되었을 때 생일 선물로 천문학 책을 주었는데 그 애한테는

파인만 군은 보기 드물게 똑똑합니다

어려웠을 거야. 대학생들이 보는 책이었으니 말이야. 그래도 동생은 내 말대로 했고 훗날 천문학자가 되었단다.

내 맘대로 수학 기호

나는 수학이 점점 더 좋아졌어. 하지만 수학책을 볼 때 마음에 들지 않는 것도 있었어. 그건 수학자들이 만든 기호였단다. 예를 들면 미분 기호는 $\frac{\Delta x}{\Delta y}$인데 책장을 넘길 때마다 불쑥불쑥 튀어나왔어. 그걸 보노라면 자꾸 Δ를 약분하고 싶어지는 거야. 나는 그 놈이 마음에 들지 않았어. 그렇다면…… 앗, 좋은 방법이 있군! 내 마음에 들게 기호를 만들어 쓰면 되지! 나는 &와 비슷하게 생긴 기호를 만들었어.

나는 다른 수학 기호도 교과서에 나오는 대로 쓰지 않고 내 마음대로 이것저것 만들어서 썼단다. 함수 f(x) 기호는 f×(x)로 보이고 사인 기호 sin도 s×i×n으로 보였거든. 함수 기호는 어떻게 만들었는지 잊어버렸지만 사인 기호로 시그마(σ)의 옆줄을 길게 늘여서 쓴 기억이 나는구나.

나는 한참 동안 그렇게 하다가 나중에야 그 버릇을 고쳤어. 혼자서 공부할 때는 기호를 내 맘대로 써도 상관없었는데 다른 사람과 같이 이야기하려니 불편했단다. 나는 수학에서 왜 공통 기호가 필요한지 그제야 깨달았어.

　도서관에서 빌린《실용미분》책은 생각보다 어렵지 않았어. 나는 미분 책을 아버지에게도 보여드렸어. 깜짝 놀랐지. 아버지는 미분을 이해하지 못했어. 언제나 아버지가 나보다 더 많이 알고 있다고 생각했는데, 내가 아버지보다 더 많이 배웠다는 걸 처음으로 깨달은 날이었단다.

파인만 군은 보기 드물게 똑똑합니다

레오나르도 다빈치
따라 하기

"이것 봐요. 완두콩을 자르는 새로운 방법이에요."

"뭐야. 완두콩을 다 못 쓰게 만들었잖아!"

파인만이 방학 동안 호텔 주방에서 일하던 무렵

발명가의 후예

고등학교에 다닐 때에도 나는 여전히 무언가를 만들고, 고치고, 사고를 내고, 또 만들고 하면서 놀았단다. 그 무렵에는 레오나르도 다빈치에게 영감을 받아서 점점 더 괴상한 발명을 하게 되었는데……

그 무렵 나는 마을에 있는 호텔에서 아르바이트를 하고 있었어. 한번은 어떤 손님이 《레오나르도 다빈치의 생애》라는 책을 끼고 호텔에 들어왔어. 그 책을 슬쩍 보았는데 너무 재미있게 보였지. 주인이 마음 좋게 빌려주어서 단숨에 읽었단다.

나는 레오나르도 다빈치에게 홀딱 반해버렸단다! 레오나르도 다빈치가 화가인 줄만 알았는데, 호기심을 주체할 수 없고 발명을 그렇게나 좋아하는 사람이었다니!

수백 년 전에 레오나르도 다빈치는 이 세상에 있지도 않은 별별 기계를 다 상상하고 직접 만들었단다. 무엇보다도 사람이 직접 움직이지 않아도 역학의 원리로 스스로 움직이는 자동 기계에 대한 아이디어가 넘쳐흘렀지.

나도 레오나르도 다빈치처럼 저절로 움직이는 기계 장치를 만들어보고 말 거야! 레오나르도 다빈치의 우아하고 정교한 장치들에 비하면 보잘것없지만 나도 그럭저럭 영감이 넘치는 기계 장치를 고안했단다.

백발백중 완두콩 자르기

나는 호텔을 둘러보았어. 직원들이 일하면서 잠깐씩 쉬는 작은 방이 하나 있었는데, 나갈 때 전등을 끄기가 아주 불편했어. 그곳에 자동 전등을 달면 딱 좋을 것 같았어. 문을 열 때 저절로 불이 켜지고 문을 닫을 때에는 신통하게 불이 꺼지는 전등 스위치가 있다면! 나는 철사와 추를 이용해 어찌어찌하여 자동 전등을 달았단다.

파인만 군은 보기 드물게 똑똑합니다

호텔 주방은 하루만 일해봐도 발명하면 좋을 것들이 줄줄이 떠오르는 곳이었어. 접시 수십 개를 한 번에 나르는 방법! 백발백중 완두콩 자르기! 또 있다. 감자를 한꺼번에 깎을 수 있는 기막힌 칼!

하지만 내게 떠오른 영감들은 사장님에게 욕을 바가지로 얻어먹는 신세가 되었어. 접시를 쉽게 나르는 방법을 연구하다가 접시를 와장창 깨뜨려먹었거든. 엄청나게 꾸중을 들었는데 접시 나르는 법을 발명하는 중이었다고 용감하게 설명하진 못했단다.

어떻게 하면 완두콩을 더 쉽게 자를 수 있을까 연구할 때에는 정말 특별한 방법을 고안했지. 하지만 사장님께 설명하려다가 그만 손을 베고 말았어. 사장님은 완두콩을 모조리 못 쓰게 만들었다고 분통을 터뜨렸단다.

감자를 한꺼번에 깎을 수 있는 칼, 그건 칼을 여러 개 나란히 붙인 것이었는데, 정말이지 삶은 감자를 반듯반듯하게 자르기가 얼마나 어렵던지 내가 무슨 수를 쓰더라도 발명해야만 할 것처럼 보였단다. 조금만 더 궁리하면 완벽한 발명품이 될 터였지만 감자가 하나도 안 썰렸다고 주방장이 화를 내는 바람에 감자 깎는 기계를 더 개선할 기회를 갖지 못하고 말았지. 감자가 썰리기는 했는데 감자가 다 붙어버렸거든.

아, 나의 우상 레오나르도 다빈치…… 다빈치처럼 잘되지는 않

파인만, 과학을 웃겨 주세요

았지만, 나는 어떻게 하면 더 좋아질까를 생각하는 것이 즐겁고
재미있었단다.

바닷가 놀이터

좋은 시절이었어. 어른들은 사느라고 힘들고 때때로 우리들도
조금은 힘들었지만 그래도 마음껏 놀았단다. 내가 아는 세계는
우리 동네뿐이었어. 그래도 조금도 심심하지 않았지. 여름이면
도시 사람들이 우리 동네로 휴가를 왔어. 우리 동네는 뉴욕 시에
서 그리 멀지 않은 해변 마을에 있었는데, 끝없이 이어진 긴 해변
을 따라 산책로와 호텔, 별장, 방갈로들이 들어서 있었어.

여름이 끝나고 해변이 텅 비는 계절에도 바다는 동네 아이들의
즐거운 놀이터가 되어주었단다. 집에서 자전거를 타고 1킬로미
터쯤 달리면 방파제가 늘어선 바다에 도착하는데 우리는 방파제
에 앉아 물장구를 치고 놀기도 하고, 바다에 뛰어들어 수영을 하
기도 했어.

바다 끝에 서서 바라보면 지구가 정말로 둥글게 보이는 것 같
았어! 저 멀리 배들이 아래쪽부터 차츰차츰, 그러다가 마지막에
는 돛대의 꼭대기가 수평선 아래로 사라지는 모습을 오래오래 지
켜보기도 하고, 하늘을 올려다보며 태양과 달이 뜨고 지는 광경

파인만 군은 보기 드물게 똑똑합니다

도 유심히 보았단다. 저 바다로 계속 계속 가면 정말로 유럽 대륙이 나오고 아프리카 대륙이 나올까 즐겁게 상상도 하면서……. 끝없이 출렁이는 파도를 보노라면 아무리 오랫동안 보고 있어도 질리지 않았어.

바닷가에는 과학에 관한 모든 것이 있었단다. 하얗게 포말을 일으키며 부서지는 파도, 파도가 철썩거리는 소리, 바람과 구름, 공기, 태양, 하늘, 빛, 모래, 바위, 해초, 물 위를 둥둥 떠다니는 게으른 해파리들……. 밤에는 손전등을 켜고 해변에서 놀았지. 어둑어둑한 저녁에 파도가 철썩이는 소리를 듣고 비릿한 바다 내음을 맡았어. 그 소리, 그 공기를 나는 지금도 그리워한단다.

파인만, 과학을 웃겨 주세요

MIT에서 물리학을 만나다

"교수님, 수학이 어디에 쓸모가 있을까요?"
"그것이 진정으로 궁금하다면, 자네는 길을 잘못 들어선 것이네."

파인만이 MIT에서 전공을 정할 무렵

고등학생이 철자법을 틀려

나는 수학과 물리, 화학에서는 1등을 했지만, 국어와 역사 과목에서는 성적이 영 신통치 않았단다. 국어는 정말 싫었어. 오죽하면 다 큰 고등학생이 철자법을 틀릴까. 그래도 나는 심각하게 생각하지도 않고 부끄러워하지도 않았어. 철자법이란 과학처럼 자연법칙에 근거하여 이끌어낸 약속이 아니고 사람들이 편리하게 정한 규칙일 뿐인데, 조금 틀린다고 해서 문제될 것이 뭐람! 약속이 변할 수도 있잖아.

하지만 철자법보다 더 곤란한 문제가 있었는데, 고등학교를 무

파인만 군은 보기 드물게 똑똑합니다

사히 졸업하려면 작문 시험을 치러야만 했어. 책을 한 권 읽고 이
러쿵저러쿵 써내야 했지. 우등생 친구들이 내가 알지도 못하는
수준 높은 책들을 고를 때, 나는 중학교 1학년 때 읽은《보물섬》
에 대해 쓰기로 마음먹었어. 모두들 비웃었어.《보물섬》은 초등
학생이나 중학생이 읽는 쉬운 책이라면서. 흥! 그러거나 말거나!
나는 국어에 시간을 낭비하고 싶지 않았는걸.

내가 생각해도 엉터리

작문 시험이 또 하나 있었는데, 이번에는 여러 가지 제목 가운
데서 하나를 골라 에세이를 쓰는 것이었어. 제목을 죽 훑어보다
가 〈항공학에서 과학의 중요성〉을 골랐어. 다른 주제에 비해서
그나마 할 말이 있었기 때문이지만 따지고 보면 얼마나 바보 같
은 주제인지! 항공학에서 과학의 중요성이라니! 너무나도 당연
한 이야기잖아. 마치 운동에서 체력의 중요성을 논하라고 하는
것만큼이나 멍청하기 짝이 없는 주제였지.

그런데 잠깐! 우스꽝스런 생각이 떠올랐어. 원래는 내 식대로
간단하게 쓰려 했는데 그럴 것이 아니라 문학반의 우등생 친구들
을 흉내 내봐야겠다고 말이야. 똑같은 말을 일부러 배배 꼬면서
폼 잡고 길게 써보는 거야. 작문 시험이라는 것이 이렇게 말도 안

되는 주제를 문제로 낼 정도로 어리석다면 나도 똑같이 어리석게 써보자!

나는 팔을 휘둘러 써 내려가기 시작했어.

'항공 과학은 비행기 후면의 공기 중에 형성되는 소용돌이, 회오리, 와동 등을 분석하는 데 중요하다. 어쩌고저쩌고 저쩌고어쩌고……'

너희도 눈치 챘겠지. 소용돌이, 회오리, 와동이란 똑같은 말을 계속 되풀이한 것에 지나지 않는다는 걸. 그런데 세 번이나 다르게 반복하면서 어려운 용어를 쓰니 그럴싸하게 보인 거지.

작문 선생님께서는 내 답안지에 최고 점수를 주었어! 우등생 친구들이 쓴 답안은 선생님도 너무나 잘 아는 문학 분야여서 나보다 낮은 88점을 주셨는데 나는 91점을 받았어. 나는 제일 못하는 과목에서조차 최고 점수를 받고 졸업식장에서 여자친구와 부모님이 지켜보는 가운데 당당히 모든 과목에서 우수한 성적을 얻어 단상에서 상을 받게 되었지.

그날 담임선생님이 부모님에게 하신 말씀.

"에헴, 어머님, 파인만 군은 보기 드물게 뛰어난 학생입니다."

하하! 내가 생각해도 엉터리 같은걸.

선생님은 또 이렇게 말씀하셨지.

"꼭 대학교에 보내실 거죠? 그것도 최고의 대학교에 보내셔야

파인만 군은 보기 드물게 똑똑합니다

합니다."

그때만 해도 집안이 넉넉지 못해서 우수한 성적으로 고등학교를 졸업하고도 대학에 가지 못하고 직업을 구하는 학생들이 많았단다. 어머니는 웃으시며 선생님을 안심시켜드렸지.

"넉넉한 것은 아닙니다만, 최선을 다해 돈을 모았습니다. 컬럼비아대학교나 MIT(매사추세츠공과대학교)에 보내려고요."

MIT가 좋아

그리하여 나는 1936년에 MIT에 입학했단다. 부모님은 컬럼비아대학교도 좋다고 생각하셨지만 그곳에서는 유대인 정원이 다 찼다고 입학을 허락하지 않았어.

눈이 펄펄 내리던 날, 나는 부모님과 정들었던 동네를 떠나 MIT가 있는 보스턴으로 향했어.

MIT에 입학하면 학생들 모두 특정한 동아리에 가입하게 되어 있었어. 같은 동아리의 학생끼리 같은 숙소에 살면서 선배들이 신입생을 도와주는 제도였지. 그 시절에 유대인이 들어갈 수 있는 동아리는 한두 군데뿐이었는데 그중 하나가 '파이베타텔타'라는 곳이었어. 선배들은 내가 수학을 잘하니까 시험을 봐서 1학년 과정을 건너뛰고 곧바로 2학년 과정을 배우는 게 좋겠다고 했지.

동료 과학자 닝양첸과 함께. 파인만은 이론물리학을
자신만의 방식으로 풀기를 좋아했다. 언제나 제1원리에서 출발하여
스스로 결론에 도달하려고 했다.

파인만 군은 보기 드물게 똑똑합니다

이 대학교에는 파이베타델타와 라이벌인 '시그마알파뮤'라는 동아리도 있었는데, 시그마알파뮤 선배들이 나를 납치하려고 하는 바람에 두 동아리가 서로 나를 데려가려고 소동을 피웠어.

나는 비쩍 마르고 키만 컸지 수줍음도 잘 타고 스포츠도 잘하지 못했는데, 서로 나를 데려가려고 아우성이라니 별일도 다 있지! 덕분에 조금 우쭐해졌지. 나는 MIT가 점점 더 좋아지기 시작했어.

하지만 파이베타델타의 규칙 중에는 마음에 안 드는 것도 있었단다. 웨이트리스를 댄스파티에 초대하면 안 된다는 거였어. 웨이트리스를 댄스파티에 초대하면 왜 안 된다는 거지?

대체 수학이 어디에 쓸모가 있습니까?

나는 수학을 좋아하고 잘했지만, 배우면 배울수록 의문이 들었단다. 도대체 수학이 무슨 쓸모가 있을까? 수학을 배워서 할 수 있는 일이란 수학을 가르치는 일뿐이잖아! 그런데 꼭 나처럼 질문을 던진 남자가 옛날 옛날에도 있었더구나.

옛날 옛날에 그리스에 위대한 수학자가 살았는데 하루는 제자가 되겠다고 한 남자가 찾아왔어. 그 남자는 몇 달 공부한 끝에 스승에게 감히 물었어. 내가 묻고 싶은 바로 그 질문…… "수학이 무슨 쓸모가 있습니까, 스승님?” 그러자 위대한 수학자는 곁에 있던 수제자에게 동전 한 닢을 주면서 당장 저놈을 내보내라고 했단다.

그런데 나도 이 남자처럼, 진정한 수학도라면 물어서는 안 되는 한심한 의문을 떨치지 못했어. 하는 수 없이 수학 교수님을 찾아갔지.

“교수님, 수학이 어디에 쓸모가 있을까요?”

교수님이 말씀하셨어.

“그것이 진정으로 궁금하다면, 자네는 길을 잘못 들어섰네.”

그러면서 교수님은 보험 회사에서 수백 가지 확률을 계산하는 보험계리사 일이 어떠냐고 했단다. 《과학전공자를 위한 직업》이라는 안내서가 있었는데 거기에는 정말로 이렇게 씌어 있었어.

“운 좋게 대학에 수학 교수 자리가 비어 있다면 모를까, 수학자를 데려가는 곳은 거의 없다. 다만 대형 보험사의 보험계리인[*]으로 취직하는 경우가 가끔 있어 전공을 살리는 길이 아주 없지는 않다……”

● 보험계리인: 보험 회사에서 수리를 담당하는 사람. 보험료와 보험 대출금 계산이 정당한지 여부를 확인하기도 한다.

파인만 군은 보기 드물게 똑똑합니다

이론물리학에 빠졌어

나는 전공과목을 수학에서 전기공학으로 바꿔버렸어. 전기공학이야말로 아주 실용적인 학문으로 보였거든. 하지만 이 결심도 곧 바뀌어서, 수학보다는 실용적이고 전기공학보다는 덜 실용적으로 보이는 물리학을 전공하고 싶어졌단다.

그 무렵 나는 4학년 형들과 방을 같이 쓰고 있었어. 형들은 곧잘 양자역학이 어쩌고 광자가 저쩌고 파동이 어쩌고저쩌고 떠들었는데, 그 이야기를 듣고 나는 마음이 끌렸지.

나는 형들이 무슨 얘기를 하는지 잘 몰랐지만 한번은 형들의 문제를 내가 아는 수학 방정식으로 해결해준 적이 있었단다. 형들은 눈이 동그래졌고, 그때부터 형들이 어려운 문제를 풀 때는 언제나 나와 의논했어. 모든 문제를 척척 풀 수는 없었지만 그래도 나는 괜찮은 방법을 자주 생각해냈고, 바른 길을 찾을 때도 많았지. 나는 형들과 토론하면서 형들이 배우는 물리학에 대해 많은 것을 알 수 있었어.

2학년이 되었을 무렵 나도 형들이 듣는 고급 물리 강좌를 들어보게 되었단다. 슬레이터 교수의 〈이론물리학입문〉이란 수업이었는데, 그곳에서 새롭고 흥미진진한 이야기를 들었어. 물리학에서는 내가 좋아하는 수학이 아주 쓸모가 많다는 거야!

이론물리학의 매력은 수학 문제를 푸는 법을 배우는 데 있지 않고 정말로 수학으로 무언가를 한다는 것이었어. 움직이는 물체의 궤적을 수학으로 추적하는 법을 배우고, 자기장과 자기력, 전기와 물의 흐름, 빛과 물의 파동처럼 신비로운 자연현상들을 설명하는 데 수학을 적용하는 법을 배우는 것이었단다. 게다가 물리학은 자연에 대해 무언가 중요하고 심오한 것을 다루는 학문인 것 같았어. 그래, 바로 이거야!

MIT에서 물리학만큼이나 재미있는 것을 한 가지 더 발견했어. 내가 봉고를 좋아하게 될 줄이야! 그것도 잘 치게 될 줄이야!

나는 봉고를 두드리면서 마법의 리듬에 홀딱 빠져버렸어. 책상, 벽, 의자, 변기 뚜껑, 주전자, 냄비…… 두드릴 수 있는 건 뭐든 두드려댔어. 참 신기한 일이었어. 나는 음악을 별로 좋아하지 않았는데 말이야. 모차르트와 베토벤의 음악은 듣기도 전에 따분해져 버렸지만, 둥 두두 둥! 아프리카 음악을 들었을 때는 뮤즈의 여신이 나를 안아주는 것 같았단다.

파인만 군은 보기 드물게 똑똑합니다

프린스턴에
오길 잘했어

"왜 MIT에 남으려고 하지?"

"MIT가 최고니까요!"

"그래서 자네를 다른 학교에 추천했네. 자네는 더 넓은 세상을 봐야 해."

MIT를 졸업할 무렵 지도 교수 존 슬레이터

과학은 100점, 역사는 빵점

나는 MIT를 좋아했고, 이 학교에서 박사 학위까지 받고 싶었단다. 그때는 이제 막 양자역학이 탄생하고 있었고, 양자역학을 공부하기에 MIT가 미국에서 최고라고 생각했거든.

하루는 교수님이 나를 불렀어. 나는 최고 학년이 되었고 이제 곧 진로를 결정해야 했지. 교수님은 MIT도 좋지만 다른 곳에서 공부해보는 것도 좋을 거라고 하면서 프린스턴대학교를 추천해주었어. 그리고 프린스턴대학교에 나를 매우 뛰어난 학생이라고 칭찬하는 추천서를 써주었단다. 하지만 그 일로 프린스턴대학교

입학사정위원회는 기묘한 일을 겪어야 했어. 왜냐하면 내 성적이 최고 수준과 밑바닥 수준을 오락가락했기 때문이야. 물리학 점수는 100점, 수학 점수도 좋았어. 하지만 국어와 역사 과목은 형편없어서 그때까지 프린스턴대학교에서 그렇게 나쁜 성적을 받은 학생을 입학시킨 역사가 없었다는 거야!

어찌 됐든 프린스턴대학교가 역사를 과감하게 바꿔보기로 결정한 모양이어서, 나는 1939년 가을 학기에 입학 허가를 받았단다. 하지만 그 무렵 가장 고뇌에 차서 나의 미래를 염려하신 분은 아버지였을 거야. 아버지는 MIT의 담당 교수님을 찾아뵙고 진지하게 나에 대해 물으셨어.

"딕이 더 공부할 돈을 겨우 마련했습니다. 제 노력이 가치가 있을까요? 학교에 더 다녀도 될 만큼 충분히 잘합니까?"

교수님은 아버지를 안심시켜드렸지만, 그 시절에 유대인 물리학자가 직업을 얻는다는 것은 낙타가 바늘구멍에 들어가는 것만큼이나 어려운 일이었단다. 하지만 아버지의 진짜 걱정은 따로 있었지. 그 무렵 아버지의 건강이 나빠지기 시작했고, 오래 견디지 못할 것을 예감하셨단다. 아버지는 나를 더 많이 뒷바라지하지 못할 것을 가슴 아파하셨어.

파인만 군은 보기 드물게 똑똑합니다

귀족학교 프린스턴

　프린스턴은 미국 뉴저지 주 대서양 연안에 있는 작고 고즈넉한 마을이란다. 영국 왕조풍의 오래된 석조 건물이 있고 거리마다 스테인드글라스가 빛나는 고색창연한 이 작은 도시에 세상에서 가장 유명한 천재가 살고 있었지. 이따금 마을 사람들은 반바지를 입고 자전거를 타고 지나가는 아인슈타인 박사에게 즐겁게 인사를 건넨단다. 그곳에서 내가 물리학을 공부하게 된 거야!

　프린스턴대학교는 나 같은 촌놈에겐 몹시도 으리으리한 곳이었어. MIT의 분위기는 실용적이고 현대적인데 프린스턴은 귀족적이고 전통을 몹시도 중요하게 여기는 학교였단다.

　프린스턴대학교에는 학생들이 품위 있게 지내도록 까다로운 규칙이 정해져 있었어. 저녁 식사 때는 길고 검은 정통 가운을 차려입어야 하고, 차를 마실 때는 세심하게 예절을 지키며 우아하게 찻잔을 들어 올려야 하고……. 차는 그렇다 쳐도 기다란 가운은 모양새도 없는데다 몹시 거치적거렸어. 하지만 곧 필수품이라 생각하고 도리어 애용하게 되었지. 가운 밑에 무얼 입든지 표시가 안 났으니, 땟물이 줄줄 흐르는 셔츠를 입든 아무것도 안 입든 누가 알랴. 졸업할 때까지 가운을 절대로 빨지 않는 것이 불문율이었기 때문에 저녁 식사 때면 누구나 거의 썩어가는 가운을 입

파인만, 과학을 웃겨 주세요

고서 점잖게 밥을 먹었단다.

신입생은 신입생 실험실에서 실험하라고!

아, 때에 찌든 가운 다음으로 프린스턴을 좋아할 만한 이유가
또 생겼어. 프린스턴은 최고의 물리 교육기관이기 때문에 이런
곳에서는 도대체 어떤 입자가속기를 쓰고 있을까 몹시도 궁금했
어. 아마도 어딘가 달라도 다를 거야. 상상만 해도 굉장할 그 입
자가속기를 보러 나는 당장 실험실로 찾아갔단다.

실험실은 아무도 찾아오지 않을 것처럼 낡은 건물의 지하에,
그것도 맨 구석에 있었는데, 들어서자마자 가슴이 쿵쾅쿵쾅거렸
어! 꼭 어렸을 때 내 실험실을 뻥 튀겨놓은 것 같았지. 그곳엔 누
구라도 들어갈 수 있었는데, 전선이 어지럽게 널려 있고, 거기에
무언가 달랑달랑 매달려 있고, 여기저기 서랍이 열린 채로, 의자
위에도 책상 위에도 공구가 잔뜩…… 그리고 한가운데 지저분하
고 커다란 입자가속기가 있었지.

척 보기만 해도 그 가속기는 학생들이 고생하며 만들었다는 걸
알 수 있었어. 폼 나게 차려져 있지도 않고 학생들이 마음대로 가
지고 놀아도 되었어. 수리하느라 접착제 덩어리가 덕지덕지 붙어
있고, 고무호스가 여기저기 지나가고, 어디선가 물방울이 똑똑

떨어지고 있었어. 밤을 새워 손수 만들었고, 고장이 나면 달래고 고치고, 학생들은 사랑하는 송아지라도 되는 양 가속기를 어루만지고, 친한 친구처럼 붙어서 지내는 것이었어. MIT의 입자가속기는 크고 말끔했지. 그래서 내가 금박 입힌 입자가속기라고 불렀는데 프린스턴은 그렇지 않았어. 어렸을 때 고장난 라디오를 가지고 놀 때처럼 학생들은 입자가속기의 배 속을 들여다보면서 그것이 어떻게 작동하는지 원리를 훤히 알 수 있었지.

'이곳에서는 정말 즐겁게 공부할 수 있겠구나.' 나는 프린스턴으로 오기를 정말 잘했다고 좋아했단다.

나는 프린스턴에서는 좀 점잖게 지내야겠다고 마음먹었어. 장난도 치지 않고 엉뚱한 일도 벌이지 않고. 아무튼 처음에는 말이야. 하지만 얼마 못 가 내가 좋아하는 지하 실험실을 물바다로 만들고 말았어. 나는 물이 뿜어져 나올 때 스프링클러가 오른쪽으로 도는가 왼쪽으로 도는가로 내기를 했는데, 그 실험에는 굉장히 커다란 수조가 필요했어. 마침 실험실에 거대한 물병이 있었어. 하지만 사고가 터질 줄 내가 어떻게 알았겠어. 실험이 잘되어 점점 신이 나는데, 갑자기 물통이 깨지면서 물과 유리 조각이 사방으로 날아갔단다. 나는 자리를 잘 잡아서 물에 젖지 않았지만 실험실 책임자인 교수님에게 호된 꾸중을 듣고 말았지.

"신입생은 신입생 실험실에서 실험하라고!"

파인만, 과학을 웃겨 주세요

그렇지 않습니까,
아인슈타인 교수님?

"안녕하신가, 자네 세미나를 들으러 왔네.
그런데 마실 차는 어디에 있지?"

프린스턴에서 만난 아인슈타인

블랙홀 교수와 애송이 대학원생

자, 이제 파인만이 어떤 놈인지 만천하에 알려졌고 나는 옛날로 돌아가 시시때때로 장난을 쳤단다. 하지만 장난 덕분에 교수님과 허물없이 가까워지기도 했으니…….

프린스턴에서 나를 가르쳐주실 교수님은 존 휠러 교수였단다. 휠러 교수는 스물여덟 살이었고 나보다 겨우 일곱 살밖에 더 나이를 먹지 않았지만 블랙홀이라는 용어를 처음 만들고, 우주론에 관한 놀라운 아이디어로 세계에서 존경을 받고 있는 천문학자이자 저명한 물리학자였단다.

파인만 군은 보기 드물게 똑똑합니다

처음 만났을 때 휠러 교수는 소매 끝을 빳빳하게 풀 먹인 반듯한 양복 셔츠에 넥타이를 조여 매고 있었고, 조용하고 아주 엄하게 보였어. 조그맣고 다부진 체구에 농담이라고는 모르는 꽉 막힌 신사 같았는데, 딱딱한 은행가처럼 생긴 이런 사람의 뇌에서 어떻게 우주에 관한 그처럼 신선하고 놀라운 아이디어들이 쏟아지는지!

교수님은 나를 보자마자 호주머니에서 무언가를 꺼내 탁자 위에 내려놓았어. 척 봐도 아주 비쌀 것 같은 금속 회중시계였어.

째깍째깍째깍…….

교수님이 몇 말씀 하시는 중에도 탁자 위에서 시곗바늘이 철컥철컥 돌아갔어. 교수님이 나 같은 애송이 대학원생에게 내줄 시간이 그리 많지 않다는 것을 과시하려고 한다는 걸 알 수 있었어.

나도 가만있을 수 없지!

다음번 면담 시간에 나는 특별히 준비한 물건을 들고 갔단다. 교수님이 번쩍거리는 회중시계를 꺼내놓을 때 나도 호주머니에서 시계를 꺼내 옆에 나란히 놓았지. 비록 값싼 시계로 재긴 하지만, 내 시간도 교수님 시간만큼이나 귀중하다는 것을 알려드리려고 말이야.

우리는 아무 일 없는 척 진지하게 대화를 이어갔어. 하지만 푸하하하! 웃음을 참을 수가 없었고 꼬마아이들처럼 배를 흔들며

파인만, 과학을 웃겨 주세요

익살스러운 표정으로 재치 있는 농담을 즐겼던 리처드 파인만.
파인만의 강의는 보통사람도 알아들 수 있을 정도로
쉽고 재미있는 것으로 유명했다.

파인만 군은 보기 드물게 똑똑합니다

웃어댔단다. 연구 이야기를 하려고 하는데 웃음이 킬킬 터져 나왔고, 상대방도 따라 웃지 않을 수 없었지.

우리는 대번에 허물없는 스승과 제자가 되었단다. 그날 이후로 우리는 언제나 토론하다가 웃고, 웃다가 농담을 주고받았으며, 웃고 떠들다가 새로운 아이디어를 떠올리기도 했어.

아인슈타인이 온다!

어느 날 휠러 교수와 나는 양자역학에서 전자들의 행동에 대해 토론하고 있었어. 전자의 행동 방식 가운데 오랫동안 풀리지 않는 수수께끼에 대한 것이었지.

나는 아주 단순하게 내 생각을 말해보았단다. 이러고저러고, 저러고이러고…….

"……이렇게 이 부분에서 전자가 미래에서 과거로 간다고 생각하면 어떨까요?"

"좋은 생각이야! 이 주제로 자네가 세미나를 맡아보게."

그렇게 하여 나는 엉겁결에 생애 최초로 세미나를 열게 되었단다. 그때만 생각하면 지금도 오금이 저리는걸.

세미나를 발표하기 하루 전이었단다. 세미나 운영을 맡아서 이런저런 일을 담당하는 위그너 교수님이 계셨는데, 잔디밭에서 우연히 마주쳤어. 교수님 이야기를 듣고 나는 간이 떨어지는 줄 알았단다. 정말로 간이 쿵 떨어져서 잔디밭 어딘가에 구르고 있었다 해도 나는 찾아서 집어넣을 엄두도 못 냈을 거야.

교수님은 친절하게 웃으면서 말씀하셨어.

"파인만 군, 자네의 이번 세미나 주제는 참 흥미로울 것 같네. 러셀 교수를 아나? 그분을 세미나에 초대했다네."

뭐라고! 그 사람은 우리 시대에 가장 유명하고 위대한 천문학자인데, 바로 그 러셀이 온단 말인가!

"존 폰 노이만 교수한테도 오라고 했네. 그분도 재미있어 하실 거 같아서 말이야."

노이만은 최초로 컴퓨터의 원리를 설계한 위대한 수학자란다. 나는 정신이 아득해지고 하늘이 노래지는 것 같았어. 아마도 내 얼굴빛도 그랬을 텐데 아랑곳없이 교수님이 계속 말씀하셨어.

"아, 참 그리고 이건 정말로 우연인데 말이야. 파울리 교수가 스위스에서 온다지 뭔가. 그래서 파울리 교수한테도 참석하시라고 말했다네."

파울리라고? 전자가 원자 안에 어떻게 분포하는지 명쾌하게 설명해서 노벨상을 거머쥔 그 파울리?

나는 완전히 샛노랗게 질려서 다리가 후들거릴 지경이었어. 그런데도 교수님은 태평하게 이렇게 덧붙이시는 게 아닌가 말이야.

파인만 군은 보기 드물게 똑똑합니다

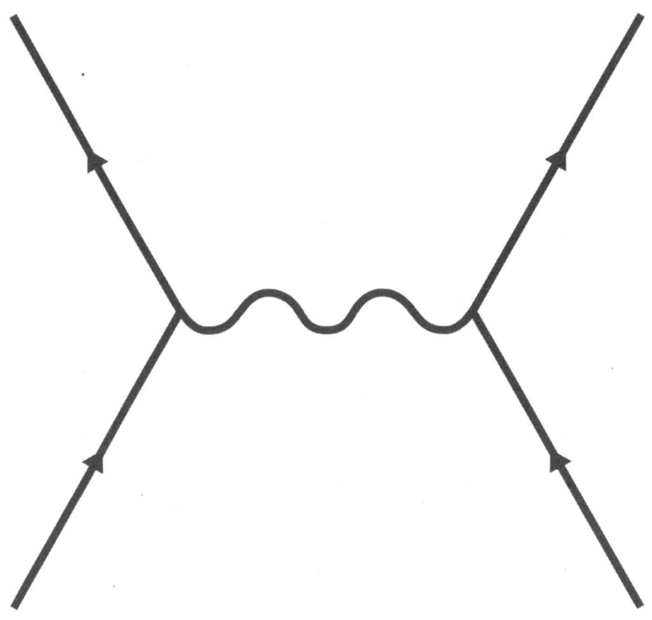

노벨상 수상을 이끌어 낸 파인만 도형. 전자 속에서 양자가
어떻게 운동할까를 설명해주는 모델이다.

"그리고 말일세. 아인슈타인 교수는 좀처럼 세미나에는 오시지 않는다네. 하지만 이번 자네 연구가 몹시도 독특해서 내 특별히 초청장을 보내드렸네."

그때쯤 내 얼굴은 시체처럼 하얘졌단다! 교수님이 내 어깨를 두드리면서 말씀하셨지.

"파인만 군, 너무 걱정하지 말게. 내 특별히 자넬 위해서 알려 줄 말이 있는데 말이야. 혹시 러셀 교수가 세미나 도중에 잠든다고 너무 실망하지 말게나. 그분은 아무 세미나에서나 잘 주무신다네. 파울리 교수는 내내 고개를 끄덕일 걸세. 그렇다고 자네 의견에 동의한다는 건 아니니 착각하지 말고. 근육에 마비 증세가 있어서 그러시는 거니까."

물리학만 말하면 걸리는 병

나는 휠러 교수에게 휘청휘청 달려가 도저히 세미나를 맡을 수 없다고 울상을 지었단다. 교수님은 과학자들의 질문을 자신이 다 책임질 테니 염려 말고 발표하라고 타이르셨지.

마침내 그날이 왔어. 나는 칠판에 방정식을 잔뜩 써놓고 오들오들 떨고 있었어. 간신히 눈을 들어 앞을 보니 거물급 학자들이 내 앞에 줄지어 앉아 있었어. 러셀, 존 폰 노이만, 파울리, 아인슈

파인만 군은 보기 드물게 똑똑합니다

타인…… 아, 투명인간이 되어 뿅 사라져버렸으면. 누런 봉투에
서 공책을 꺼낼 때 손이 10센티미터쯤 아래위로 흔들리더구나.

나는 눈을 질끈 감고 첫마디를 내뱉었어. 그리고 기적이 일어
났단다! 정말 기적이라고밖에는 말할 수 없어. 입을 여는 순간 내
가 어디에 있는지, 내 앞에 누가 있는지 깡그리 잊어버렸단다!

물리학에 관한 아이디어를 설명하는데, 물리에 관한 것 외에는
아무 생각도 나지 않았어. 덜덜 떨리는 것도 걱정도 수줍음도 우
물쭈물함도 모두 함께 빛의 속력으로 달아나버린 것 같았단다.
그건 참으로 요상한 일이었는데, 그 뒤로도 내가 물리학에 대하
여 무언가를 말해야 할 때면 언제나 그런 증상이 나타나곤 했어.

발표가 끝났을 때에야 나는 제정신으로 돌아왔어. 왈칵 두려움
이 몰려왔단다. 하지만 이번에는 질문 차례였고, 질문은 모두 휠
러 교수가 받아주었어. 내 귀에는 모두 웅얼웅얼하는 소리로밖에
들리지 않았지.

파울리 교수가 어떤 질문을 한 듯싶은데, 이러고저러고 저러고
이러고해서 내 생각에 동의할 수 없다고 말하는 것 같았어. 파울
리 교수가 아인슈타인 교수 쪽을 보면서 동의를 구했어.

"그렇지 않습니까, 아인슈타인 교수님?"

아, 그때 나는 똑똑히 들었단다. 강연장에 부드럽게 울려 퍼지
는 목소리를.

“노오오오오오—.”

아인슈타인 교수가 말했단다.

“제 생각엔 이 아이디어에 맞게 저의 중력이론을 손보기가 꽤 어려울 것 같습니다만, 가능한 아이디어입니다. 좋습니다.”

아인슈타인 교수는 자기의 이론과 다른 생각에 대해서도 매우 관대했단다. 전자가 미래에서 과거로 간다는 내 상상을 진지하게 고려해주었으니 말이야.

파인만 군은 보기 드물게 똑똑합니다

파인만이 어떤 사람이었는지 알지 못하는 채로

그의 과학을 제대로 이해하기는 힘들다.

_존 그리빈

Richard Feynman

4

과학자와 놀자

원자로
폭탄을 만들어라?

"자네에게 비밀을 털어놓아야겠어.
나는 요즘 아주 비밀스런 일로 돈을 벌고 있지.
자네도 알면 하고 싶어 할 것 같은데, 어떤가?"

프린스턴 시절 윌슨 교수

히틀러가 먼저 만들면 어떡하지?

프린스턴에서 논문 준비에 몰두하고 있을 때 내 인생에 놀라운 일이 끼어들었어. 아직 박사 학위도 받지 못한 대학원생 시절이었는데 내가 어떻게 그렇게 엄청난 일에 끼게 되었는지 지금도 얼떨떨하단다.

그즈음 나는 양자역학 분야에서 전자들의 행동 방식에 대해 생각하고 있었어. 물리학자들이 수많은 방정식을 동원했지만 속 시원히 설명해내지 못하는 까다로운 문제가 있었거든.

나는 언제나 그랬듯이 다른 물리학자들이 어떻게 주장했고, 지금까지 어떤 이론들이 쌓여왔는지를 훑어보는 일에는 전혀 관심이 없었어. 나는 언제나 내 방식대로, 처음부터 생각했단다. 나는 공상에 빠져 있었는데, 내가 아주아주아주 작은 전자가 되어 날아다니는 거야. 아주아주 작은 전자 파인만 씨는 어떻게 행동할까…… 바닥을 데굴데굴 구르고 중얼중얼 홍얼홍얼 틱틱탁탁 책상과 의자를 두드려대면서 요란스럽게 문제를 풀고 있었는데…….

그때였단다. 윌슨 교수가 문을 열고 빠끔히 머리를 내밀었어.

"마침 있었군. 자네에게 비밀을 털어놓아야지 입이 근질근질해서 안 되겠어. 나는 요즘 아주 비밀스런 일로 돈을 벌고 있지. 자네도 알면 하고 싶어 할 것 같은데 어떤가?"

과연 그것은 엄청난 비밀이었단다. 하지만 나는 그런 일에는 끼어들고 싶지 않았어.

"아니오, 가지 않겠습니다. 하지만 비밀은 반드시 지켜드릴 테니 염려 마십시오."

나는 '그것'에 대해 들었단다. 독일에서 히틀러가 물리학자들을 동원하여 만들려고 한다는 그 무시무시한 것에 대하여. 그때는 세계가 전쟁에 휩싸여 있었고, 히틀러가 승승장구하고 있었어.

나는 아무것도 들은 게 없는 듯 다시 하던 공부로 돌아왔어. 하지만 겨우 3분 동안이었단다! 머릿속에 커다란 잠자리가 날아다

과학자와 놀자

니는 것 같았어. 윌슨 교수의 책략대로 내 머릿속은 완전히 어지러워지고 말았지. 윌슨 교수는 내가 그 일에 꼭 필요하다고 생각했고, 나를 끌어들이려면 어떻게 해야 하는지도 잘 알고 있었던 거야.

히틀러가 먼저 '그것'을 만들면 어떡하지?

윌슨 교수는 생각이 있으면 회의실로 오라고 했지. 오후 3시가 되었을 때 내 발걸음은 저절로 회의실로 향하고 있었단다.

원자폭탄 프로젝트

회의실에는 거물급 과학자들이 모여 있었어. 모두들 자기 연구를 제쳐두고 그 일에 매달리려고 왔단다. 나는 학위도 없는 일개 대학원생이었으니 모임에서 가장 비천한 신분이었지.

회의는 일사천리로 진행되었고, 1시간 뒤, 나는 커다란 책상 앞에 앉아서 정신없이 연필을 움직이며 계산에 몰두하고 있었어. 내가 빨리 계산할수록 실험을 맡은 사람들이 곧바로 실험할 수 있을 테니까. 우리가 계산을 마치면 또 다른 과학자들이 순식간에 장비를 구해 와서 실험 기계를 조립하는 거야. 조금 전까지만 해도 책상밖에 없던 곳이었는데 눈을 한 번 들 때마다 새로운 장비와 기계가 들어오고 새로운 사람들이 등장했어.

이 프로젝트에 참가하면서 나는 놀라운 경험을 했고, 살아 있는 위대한 사람들을 만났단다. 그들은 정말로 대단한 사람들이었어! 회의 시간은 굉장했지. 회의가 시작되면 모두가 돌아가면서 한마디씩 의견을 말했단다.

"우라늄을 분리해야 하는데 어떤 방법이 가장 좋을까요?"

과학자들이 한마디씩 하는데 똑같은 말이 하나도 없고 모두가 조금씩 새로운 측면을 말하는 거야. 처음에는 의견이 완전히 엇갈리는 것처럼 보였지. 어, 어, 저러면 안 되는데? 앞사람은 이렇게 말했잖아. 저건 좀 다른 이야기 같은데? 저 사람이 확실하게 한 번 더 짚고 넘어가야 하지 않을까? 내가 이런 생각을 하고 있는 사이에도 회의는 속속 진행되고…… 그리고 마지막에 놀라운 일이 일어났단다. 아무도 앞사람의 이야기를 반복하지 않았고 모두들 가만히 듣고만 있었는데, 모두가 모두의 이야기를 정확하게 기억하고 있다가 마지막에 최고의 결론에 도달한 거야!

"여러 가지 의견이 나왔습니다. 누구누구의 의견이 가장 좋은 것 같습니다. 그럼 다음 이야기를 합시다."

나는 감동받았고 그들이 정말로 위대하게 보였어. 하지만…… 그때 우리가 해야만 했던 일이 정말로 위대한 일이었는지에 대해서는 불행히도 그렇다고 말할 수가 없구나.

그전까지 과학자들은 호기심에 가득 찬 어린아이처럼 즐겁게 물리학을 했어. 하지만 그날 이후로 과학자들은 더 이상 자기가 하는 일을 기뻐할 수만은 없게 된 가엾은 아이 꼴이 되고 말았단다. 물론 그때는 아무도 깨닫지 못했고, 무언가 중대한 일을 바쁘게 하고 있을 뿐이라고만 생각했지.

너희도 눈치 챘을까, 그때 과학자들이 무엇을 하고 있었는지를.

우리는 원자폭탄을 만들어야 했단다! 인류는 그때까지 수많은 무기들을 만들었지만 원자폭탄의 위력에 버금가는 무기는 없었어. 대포도 아니고, 폭격기도 아니고, '원자' 폭탄이라니! 도대체 조그만 원자가 어떻게 폭탄이 될 수 있다는 말일까?

원자가 어떻게 폭탄이 될까?

원자는 티끌이나 먼지조차도 비교할 수 없을 만큼 작은 알갱이로, 우리는 현미경으로도 그것을 볼 수가 없단다. 이제는 보통 사람들도 세상 만물이 원자로 되어 있다는 것을 알고 있고, 원자는 하나도 위험하게 보이지 않는단다. 그런데 그 작은 원자가 어떻게 폭탄으로 돌변하게 되는 것일까? 도대체 원자로 폭탄을 만든다는 것이 무슨 말일까?

만약에 모든 원자가 폭탄이라면 우리는 하루도 살아갈 수 없을 거야. 원자는 대부분 폭탄이 아니지만, 어떤 원자는 폭탄이 될 수

파인만, 과학을 웃겨 주세요

있단다! 과학자들이 그것을 알아냈을 때 모두들 정말로 대단한 발견이라는 것을 눈치 챘어. 하지만 그건 불길한 발견이었어.

　오랫동안 과학자들은 원자가 절대로 변하지 않는 것이라고 생각했단다. 그런데 이상한 일이 일어났어. 자연에는 92종류의 원자가 있는데 마지막 원자 우라늄에서 이상한 일이 일어났지. 우라늄 원자핵이 저절로 쪼개져 다른 원자로 변하더니 거기에서 에너지가 나왔단다! 우라늄 원자 안에서 도대체 무슨 일이 일어났던 것일까?

　원자 속에는 원자보다 더 작은 전자와 양성자, 중성자들이 들어 있단다. 우라늄 원자의 핵 속에는 양성자와 중성자가 200개도 넘게 꽉 들어차 있지. 우라늄 원자는 자연에서 가장 무거운 원자이고 그래서 아주 불안정하단다. 이렇게 불안정한 우라늄 원자의 핵 속으로 여분의 중성자 한 개를 더 넣어주면 가까스로 버티고 있던 핵이 중심을 잃고 흔들리면서 쪼개지는데 이때 이상한 일이 일어난단다.

　쪼개진 우라늄 파편을 다 더해서 무게(질량)를 쟀더니 처음보다 줄어든 거야! 이것이 얼마나 이상한 일인지 상상해보기는 어렵지 않단다. 완벽하게 밀폐된 곳에 돌멩이 하나가 있다고 하자. 그 돌멩이를 쪼갠 다음 무게를 달면 어떻게 될까? 원래의 돌멩이와 쪼개진 돌멩이의 무게를 더하면 똑같아야 하지. 그것이 자연의 법

과학자와 놀자

칙이란다.

그렇다면 줄어든 우라늄이 대체 어디로 갔을까? 과학자들은 우주에서 정말로 사라지는 것은 아무것도 없다는 것을 알고 있었기 때문에 우라늄에서 사라져버린 0.01그램의 행방을 찾았단다. 놀랍게도 사라진 무게는 에너지로 돌변했어!

자연에서 우라늄 원자는 저절로 쪼개져 아주 조금 질량을 잃고, 그 에너지가 빛이 되어 나온단다! 이것을 방사능이라고 부르지. 자연에는 이런 우라늄이 드문드문 흩어져 있고, 이렇게 흩어져 있는 우라늄에서 방사능 에너지가 수십억 년 동안 천천히 조금씩 새어 나올 뿐이란다.

그런데 만약에 우라늄 원자를 많이 모아놓는다면 어떻게 될까? 그때에는 중성자 한 개만으로 어마어마한 폭발을 일으킬 수 있단다! 보통 때는 이런 일이 일어나지 않지만, 우라늄을 빛의 속도로 가속시키면 얼마 안 되는 우라늄만으로도 어마어마한 에너지를 끄집어낼 수 있지. 조그만 요술 램프 속에서 거인 지니가 100만 명쯤 정신없이 튀어나오는 것과 비슷할지 몰라.

과학자들은 우라늄 원자를 깨뜨리기 위해 중성자를 계속해서 넣어줄 필요조차 없단다. 그저 중성자 한 개를 우라늄 핵 속에 살짝 쏘아 넣어주기만 하면 핵이 쪼개지고, 핵 속에 갇혀 있던 다른 중성자가 튕겨 나와 다음 폭발을 일으키지. 중성자가 옆에 있던

파인만, 과학을 웃겨 주세요

다른 우라늄 핵을 건드리고 새로 튀어나온 중성자가 또 다른 핵을 건드리고…… 차례차례로 순식간에 핵이 폭발하는 거야. 처음 100만 분의 2초 안에 2000개가 폭발하고 그다음 100만 분의 2초 동안 4000개가 폭발하고, 그다음엔 8000개, 그다음엔 1만 6000개…… 폭발이 눈사태처럼 일어나는데, 원자 1조 개가 폭발하는 데 시간이 채 1초도 걸리지 않는단다!

회의에 모인 과학자들은 원자폭탄을 만들려면 우라늄이 얼마만큼 필요한지, 폭탄 제조에 필요한 순수한 우라늄을 어떻게 분리해낼 수 있는지 계산했어. 더 강력하고 무시무시한 폭발을 유도하기 위해서는 우라늄 원자를 어떤 모양으로 모아놓아야 하는지, 최초의 중성자를 알맞은 속도로 쏘아 넣으려면 어떻게 해야 하는지 알아냈단다.

벼락공부 핵물리학

"다음에 중요한 아이디어를 토론할 일이 있으면 저 친구를 불러.
내가 무슨 말만 했다 하면 '네, 맞습니다. 옳습니다, 박사님.' 하는
사람들은 필요 없다고. 내 아이디어가 틀렸으면 틀렸다고
단박에 말해줄 녀석이 저기 있군."

맨해튼 프로젝트 시절에 만난 닐스 보어

로스앨러모스로 가라

몇 주 뒤에 우리는 새로운 명령을 받았단다.
뉴멕시코 주 로스앨러모스Los Alamos●로 가라!
로스앨러모스는 로키산맥 아래쪽에 자리 잡은 아름다운 소도
시였는데, 그곳에 원자폭탄을 만들 실험실과 공장이 지어지고 있
었어.
우리들은 로스앨러모스로 가는 티를 내어서는 안 되었단다. 프

● 로스앨러모스(Los Alamos): 미국 서부 뉴멕시코 주에 있는 도시이다.

파인만, 과학을 웃겨 주세요

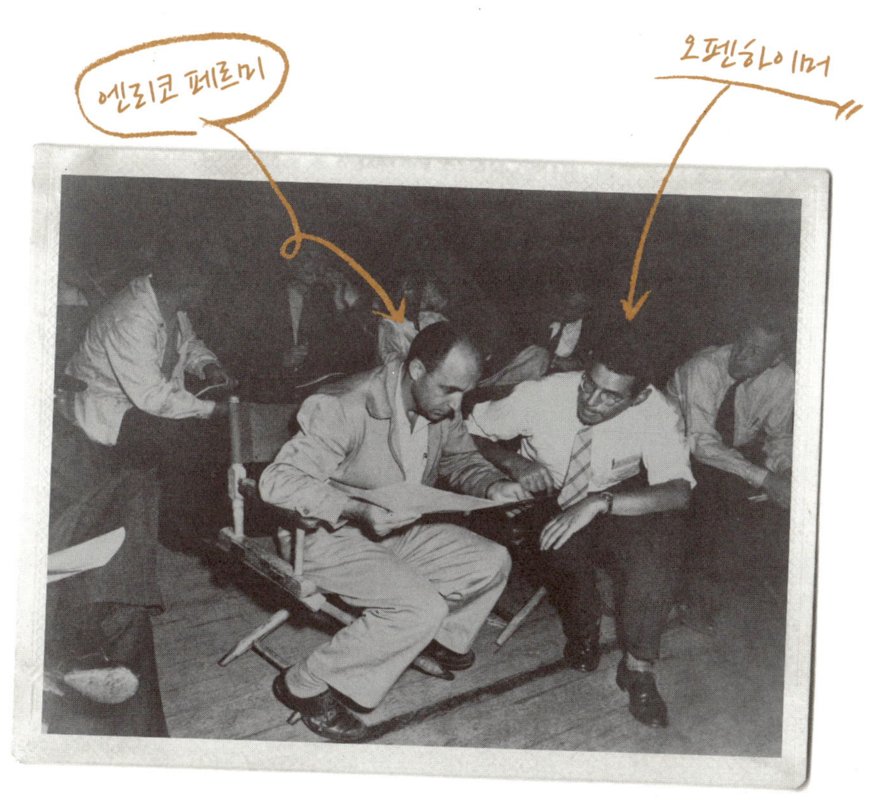

맨해튼 프로젝트 당시 로스앨러모스 컨퍼런스에 모인 저명한 과학자들.
앞줄에 프로젝트 책임자인 오펜하이머와 엔리코 페르미,
뒷줄에 리처드 파인만의 모습이 보인다.

과학자와 놀자

린스턴도 로스앨러모스도 모두 인구가 얼마 안 되는 조그마한 도시여서 과학자들이 한꺼번에 움직이면 의심을 받기 때문이라나. 우리는 로스앨러모스행 표를 사면 안 되었고 각자 스스로 알아서 다른 곳을 에둘러 모여야 했어.

프린스턴을 떠나는 날 아침이 되었어. 역으로 가서 기차표를 사려는데 갑자기 엉뚱한 생각이 들었어. 왜 그런지 나는 누가 명령을 내리면 그대로 따르고 싶지가 않단다. 그럴 때 머리를 굴리다 보면 꽤 괜찮은 꼼수가 떠오르는 거야. 나는 덜렁 로스앨러모스행 기차표를 달라고 말했단다. 역무원에게 별로 친절하게 말한 것 같지도 않은데 그 사람은 환하게 웃으며 표를 내주었어.

"아하, 그 많은 짐이 모두 당신 것이었군요!"

며칠 전부터 우리는 실험 장비가 가득 든 커다란 상자들을 모두 로스앨러모스행 기차에 실었는데, 그러면서도 역무원이 이상하게 여길 거라고는 아무도 생각하지 못했지. 역무원이 이 많은 짐이 다 무엇일까 몹시도 궁금해하던 참에 반갑게도 로스앨러모스로 가는 승객이 한 명 나타난 것이었단다!

기차는 프린스턴을 유유히 출발해서 서쪽으로 사막과 거대한 암반 고원, 아찔한 협곡을 지나갔어. 장엄하고 아름다운 풍광이 끝없이 펼쳐졌단다. 미국 동부의 뉴욕에서만 자란 내가 광활한 서부의 자연을 본 건 그때가 처음이었어.

역에서 내려 차를 갈아타고 고원에 자리 잡은 로스앨러모스로 올라갔어. 거대한 협곡을 지나는데 중간쯤에서 인디언이 살았다는 동굴을 발견했어. 가슴이 쿵쾅쿵쾅 뛰었단다! 차를 멈추고 동굴 속으로 들어가 보았지만 아쉽게도 인디언은 없더구나.

종이와 연필만 있으면 돼

고원에 도착해보니 실험실도 기숙사도 아직 완공되지 않았고, 거칠게 울타리만 친 상태였어. 우리는 근처의 헛간에서 잠을 잤어. 다음 날에도 인부들이 바쁘게 왔다갔다 하고 트럭 기사들이 짐을 부리고 과학자들이 여기저기에서 지시를 내리고 있었지. 실험물리학자들은 건물이 완공되고 장치가 준비되기 전까지는 할 일이 없었기 때문에 인부들을 거들어 건물 짓는 일을 도왔단다.

하지만 우리 이론물리학자들은 당장 연구를 시작했어. 이론물리학자들은 건물이나 장비가 없어도 일할 수 있지. 바퀴 달린 칠판과 종이, 연필만 있으면 되었거든.

나는 원자폭탄과 핵물리에 대해 자세히 알지 못했기 때문에 그것을 전문으로 연구하는 물리학자들에게 속성으로 배워야 했어. 우리는 매일 공부하고 읽고 토론했는데, 눈에 핏발이 서고 몽유병자처럼 왔다갔다 하면서 마치 열병에 걸린 사람들처럼 미친 듯

과학자와 놀자

이 공부했단다.

파인만 씨, 금고털이가 되다

로스앨러모스에는 연구실과 식당, 자는 곳밖에 없었고 심심풀이나 오락거리로 할 만한 것이 아무것도 없었어. 그런 가운데서도 나는 놀거리를 찾아다녔으니, 파인만 씨가 금고털이가 되었단다! 하하, 나를 유명하게 해주고 괴짜로 만들어준 그 유명한 금고털이 말이야.

나도 처음에는 금고 따기에 도전하게 될 줄은 몰랐단다. 로스앨러모스에서는 모두들 연구에 정신이 팔려 있었기 때문에 사소한 일들이 제대로 굴러가는지는 신경 쓰지 못했어. 예를 들면 원자폭탄에 관한 모든 비밀이 보관되어 있는 중요한 서류함도 허술하기 짝이 없었지. 자물쇠를 걸어놓았는데, 그 자물쇠란 것이 동네 문방구에서 어린아이들이 살 수 있는 것보다 나을 것이 없었어.

나는 비밀이 안전하지 않다고 몇 번이고 건의했어. 하지만 "자물쇠가 있잖아. 끄떡없다고!" 하는 말만 되돌아왔지. 하루는 본때를 보여주려고, 잠가놓은 서류함에서 '중요한' 서류를 빼내 팔랑거리며 들고 다녔단다.

"아니, 서류함은 잠겨 있었는데!"

그 장난감 같은 자물쇠를 여는 건 식은 죽 먹기였는데 말이야.

그 뒤로 허술한 서류함이 마침내 사라지고, 금고 회사에서 만든 제대로 된 금고로 바뀌게 되었어. 이제 서류가 한결 안전해졌으니 나는 가만있으면 되었지. 하지만 그렇지 않았어. 이번에는 수수께끼를 지나치게 좋아하는 오래된 본능이 발동하고 말았거든. 금고의 다이얼 자물쇠는 꽤 까다로운 수수께끼이고, 금고가 비싸고 튼튼할수록 더 풀고 싶어 안달이 났지. 아무리 어려워도 사람이 만들었으니 사람이 열 수 있지 않겠어?

금고 따기 기술에도 등급이 있지

내가 어떻게 최고급 금고 따기 기술을 터득하게 되었는지는 일일이 말하지 않겠어. 금고털이에 관한 책도 몇 권 사 보긴 했지만 거기엔 황당하고 멍청한 소리가 더 많았단다.

나는 시간만 나면 내 연구실에 있는 금고 자물쇠를 돌려가며 연습에 연습을 거듭했어. 숫자 조합이 복잡한 자물쇠라면 100만 번쯤 다이얼을 돌려보아야 할 것 같지만, 나는 경우의 수를 따져 보고, 다이얼을 돌리면서 어떤 소리가 나는지, 어떤 느낌이 손끝에 전해져 오는지 세심하게 연구한 끝에 몇백 번만 돌려보면 된다는 것을 알게 되었어. 그 뒤에도 쉬지 않고 머리를 굴린 덕분에 나중에는 몇십 번만 돌려보고도 금고를 열 수 있는 방법을 알아 냈단다! 마술사처럼 능수능란하게 손을 놀려서 거의 만지작거리는 것 같지도 않게 하면서 금고를 따는 법도 연습했어.

하지만 이 모든 기술로도 열 수 없을 때가 있단다. 그때는 마음을 훔치는 거야! 그러니까 심리적인 방법이라고 할 수 있지. 사람들은 곧잘 비밀번호를 책상 서랍이나 필통 아래에 적어두거든. 심지어는 번호 정하는 게 귀찮아서 공장에서 나온 비밀번호 그대로 쓰는 사람도 있지.(그건 대개 25-25-25란다) 그리고 금고를 쓰는 사람이 누구인가도 중요한데, 과학자라면 대개 수학이나 과학에서 유명한 수를 특별하게 생각할 거라고. 원주율 3.141592(파이 π)나 빛의 속도 299792처럼 말이야.

내 기술은 점점 더 발전해서 금고털이로 이름이 났고 잘하는 데 1년 반이 걸렸단다. 가끔은 내 금고 따기 솜씨가 필요한 사람도 생겼어. 자기 방 금고 번호를 잊어버리거나 금고 담당자가 외출해버리는 일이 많았거든.

틀렸어요, 미쳤어요?

로스앨러모스에서는 즐거운 일이 정말 많았어. 나는 일개 대학원생이어서 진짜 과학자들과 중요한 이야기를 나눌 기회가 없었는데, 어느 날 행운이 찾아왔어. 어쩐 일인지 하루는 거물급 과학자들이 각자 볼일이 생겼다면서 한꺼번에 연구소를 비우게 되었단다. 한 사람만이 남았는데 물리학자 한스 베테*였어.

한스 베테는 태양이 어떻게 수십 억 년 동안이나 엄청난 빛과 열을 내는지에 관한 수수께끼를 푼 대단한 과학자란다. 노벨상도 받았지.

그날 베테는 자기 생각을 검토하고 비판해줄 사람이 필요했지만 이야기를 나눌 사람이 없었기 때문에 애송이 대학원생인 나를 붙들고 이러쿵저러쿵 이야기를 했단다. 그래서 내가 말했어.

"아뇨, 틀렸어요. 미쳤어요? 그건 그렇지 않고 이렇고 저렇고 해서 이렇게 된다고요!"

물리학 이야기만 했다 하면 내가 어디에 있는지 깡그리 잊어버리는 그 병이 다시 도진 거야! 누구와 이야기하고 있는지 잊어버리고 물리학밖에 생각하지 못하는 그 병 말이야. 그럴 때에 나는 지극히 단순한 사람이 된단다. 상대방이 하는 말이 이상하면 이상하다고 말하고, 좋은 생각이면 좋아요, 하고 말하지.

그날도 그랬어. 나는 침을 튀기며, 당신이 틀렸어요, 아니, 아니오, 미쳤어요? 거침없이 떠들었는데 놀랍게도 한스 베테가 원

● **한스 베테**(Hans Albrecht Bethe, 1906~2005년): 독일 스트라스부르(현재 프랑스의 영토) 태생의 미국 물리학자. 1967년에 핵반응 이론에 대한 공헌과 태양의 에너지원에 관한 연구 업적으로 노벨물리학상을 수상하였다.

한 게 바로 그런 것이었어!

그 대단한 물리학자는 곧바로 내 말을 되받아서 왜 자기가 '미친' 게 아니고, 내가 '미친' 것인지 열렬하게 설명했어. 이렇게 해서 나는 한순간에 위대한 물리학자의 동료가 되는 영광을 누리게 되었어. 그리고 밑바닥에서 몇 계단 올라가 부하를 네 명이나 거느리게 되었지.

틀렸다고 얘기해줄 녀석이 저기 있군!

한스 베테만이 아니었어. 이상하게도 대단한 물리학자들이 그런 나를 좋아하던걸. 닐스 보어●라는 위대한 물리학자가 있단다. 보어는 원자 모델을 제시하고 양자역학을 탄생시킨 위대한 과학자란다.

선량하고, 수염을 길게 기르고, 아주 낙천적인 기질의 소유자인 닐스 보어를 우리 이론물리학자들은 아버지처럼 존경했는데, 한번은 닐스 보어가 로스앨러모스를 방문했어. 이 위대한 물리학자를 보려고 사람들이 많이 모여들었지.

회의가 있은 다음 날이었어. 이른 아침에 전화가 걸려왔어. 닐

● **닐스 헨리크 다비드 보어(Niels Henrik David Bohr, 1885~1962):** 원자 구조의 이해와 양자역학의 성립에 기여한 덴마크의 물리학자.

스 보어의 아들이라면서(아들도 유명한 물리학자였단다.) 아버지가 묵고 있는 호텔에서 나를 보자고 한다는 거야! 말도 안 돼. 나는 전화가 잘못 걸려온 줄 알고 전화기에 대고 말했지.

"저랑요? 그럴 리가, 저는 대학원생이고 리처드 파인만인데요."

"예, 압니다. 당신이 맞습니다."

그렇게 해서 나는 위대한 보어 부자와 호텔 방에서 폭탄을 만드는 방법에 대해 이런저런 아이디어를 토의하게 되었단다. 어쩌고저쩌고 저쩌고어쩌고, 아니오, 그건 좀 어렵겠는데요, 말도 안 되는 방법이거든요. 틀렸어요! 이건 이래서 안 되고, 저건 저래서 안 됩지요! 나는 주절주절 떠들어대고, 마침내 위대한 보어가 말했지.

"좋아, 이제 거물급 물리학자들을 불러와."

어찌된 일인고 하니, 위대한 보어가 아들에게 그랬다는 거야. "다음에 중요한 아이디어를 토론할 일이 있으면 저 친구를 불러. 내가 무슨 말만 했다 하면 '네, 맞습니다. 옳습니다, 박사님.' 하는 사람들은 필요 없다고. 만약에 내 아이디어가 틀렸으면 틀렸다고 단박에 말해줄 녀석이 저기 있군."

과학자와 놀자

위험천만,
오크리지 우라늄 공장

"아시겠지만, 저 사람들에게 아무것도 알려주시면 안 됩니다."
"원리를 모르고서는 공장 사람들이
그 많은 규칙을 지킬 수 없어요.
원리를 저 사람들도 알아야 해요!"

우라늄 정제 공장 오크리지에서 파인만

우라늄을 정제하라

실험실이 완공되고 원자폭탄 프로젝트가 숨 가쁘게 진행되었어. 원자폭탄을 만들려면 우라늄이 필요했단다. 광산에서 우라늄이 들어 있는 광석을 캐내 공장으로 실어 보내면, 광석 더미에서 우라늄을 분리하고 정제해내야 하지. 하지만 광석 무더기 속에 우라늄은 아주 조금밖에 섞여 있지 않고, 우라늄을 분리해내는 일도 쉽지 않았어.

로스앨러모스에서 멀리 떨어진 오크리지 공장에서 수많은 사람들이 군인들의 지도 아래 그 일에 매달리고 있었어. 우리는 오크리지 공장에서 보내오는 우라늄으로 실험하면서 원자폭탄을 만들어야 했어. 하지만 시키는 대로 일이 진척되지 않았어. 그래서 우리들 중 한 사람 세그레가 직접 오크리지 공장에 일이 어떻게 돼 가는지 알아보러 갔지.

오크리지 공장에서 무슨 일이

오크리지 공장에서는 까무러칠 일이 벌어지고 있었어. 공장 사람들이 녹색 물이 든 큰 통을 굴리고 다녔는데 녹색 물은 질화우라늄 용액으로 방사능이 새어 나올지도 모르는 위험한 물질이었지. 함께 모아놓으면 폭발할지도 몰랐어. 공장이건 사람이건 아무것도 남아나지 않는다고!

높은 관리자들은 우라늄을 분리하고 있다는 사실을 알고 있었지만, 현장 일꾼들은 자기들이 무엇을 하는지도 모른 채 그저 열심히만 일하고 있었어. 군인들도 우라늄으로 폭탄을 만들 거라는 사실은 알았지만 폭탄의 위력이 어느 정도인지 몰랐고 어떤 원리로 작동되는지에 대해서도 전혀 알지 못했단다.

방사능 물질이 가득 찬 위험하기 짝이 없는 통들이 곳곳에 쌓여 있는데도 안전에 주의를 기울이는 사람이 아무도 없었어. 세그레가 왜 위험한지 설명하려고 하자 군 장교가 앞을 막아서며

과학자와 놀자

말했단다.

"아시겠지만 저 사람들에게 어떤 정보도 말하면 안 됩니다."

오크리지 공장의 상황을 보고 받고 우리는 우라늄이 얼마만큼 축적되면 폭발 위험이 있는지 알아보았어. 팀을 나누어 당장 시작했는데, 1팀은 수용액에 대해 계산했고, 내가 이끄는 2팀은 우라늄이 건조한 가루 형태로 상자에 들어 있을 때를 계산했어. 나는 우리 팀이 계산한 모든 숫자를 1팀에게 말해주고, 너무 위험하니 빨리 가보라고 했지.

그런데 오크리지에 가기로 돼 있는 사람이 갑자기 폐렴에 걸리는 바람에 내가 대신 가게 되었어. 나는 그때까지 비행기를 타본 적이 한 번도 없어서 조금 떨렸단다. 떠나기 전에 과학자들이 비밀 서류를 작은 꾸러미로 만들어서 내 허리에 묶어주었어.

비행기는 꼭 버스 같더구나. 정거장마다 섰다가 가는데, 정거장 사이의 거리가 버스보다 조금 멀다는 것만 달랐지. 비행기가 정거장마다 내려서 승객을 태웠어. 내 옆에는 직책이 높아 보이는 어떤 신사가 앉았는데 무슨 '증'을 흔들어대며 한마디 했단다.

"특별 허가증 있소? 요샌 아무나 비행기 못 타는데……."

그때는 태평양전쟁 중이었기 때문에 비행기 탑승이 아주 까다로웠거든. 나는 괜히 기분이 나쁘기도 하고 입도 간지러워 참을 수가 없었어.

"잘은 모르겠지만 나도 권한이 있지요."

조금 뒤에 가슴에 번쩍거리는 별을 단 장군이 와서 3등급 허가
증을 가진 사람들을 골라 비행기에서 밀어냈는데 나는 쫓겨나지
않았어. 나는 2등급이었거든. 아마도 그 신사는 3등급이었나 봐.

신사는 비행기에서 쫓겨나자마자 자기 동네 국회의원에게 편
지를 띄웠을 거야. 전쟁 중인데도 아무한테나 허가증을 발급해준
다고 투덜투덜하면서. 자기가 의원이 아니었다면 말이지.

여러분! 우라늄은 모아놓으면 위험해요!

나는 오크리지에 도착하자마자 공장을 둘러보았어. 먼저 다녀
온 세그레가 보고한 것보다 훨씬 더 엉망이었어. 세그레가 미처
보지 못한 방에도 상자가 무더기로 쌓여 있었어.

나는 공장 구석구석, 복도와 화장실과 청소 도구 방까지 돌아
다니며 어디어디가 위험한지 시시콜콜 조사했단다. A동 13-39,
C동 12-03, F동 10-04······.

이제 제일 중요한 일이 남았어. 혹시라도 일어날 수 있는 사고
를 막기 위해 어떻게 대비해야 하는지 일하는 사람들이 알아듣도
록 설명하는 것이었지.

그것은 어려운 일이 아니었어. 질화우라늄 용액에 카드뮴을 넣

어서 중성자를 흡수하고, 용액이 든 통을 따로따로 보관해서 우라늄이 한곳에 쌓이지 않도록 하고…… 규칙을 정하고 따르기만 하면 되었거든. 하지만 정말로 중요한 일이 남았는데, 나는 우라늄을 쌓아두고 아무렇게나 굴리는 것이 얼마나 위험한지, 왜 위험한지 모두에게 말해주어야 한다고 생각했단다.

군 장교는 내게 안전을 위해 필요한 사항만 간단히 말하라고 명령했어. 나는 일하는 사람들이 원리를 이해하지 못하고서는 그 많은 규칙을 지킬 수가 없다고 소리쳤어. 장교들은 난처한 지경에 빠졌지. 그들은 긴급회의를 열었어. 기밀을 노동자들에게 알릴 것인가 말 것인가로 짧고도 심각하게 고뇌하더구나.

5분 뒤 그들은 결론을 내렸어. 내 의견을 따르기로 하고 사람들을 불러 모으기로.

나는 자리를 잡고 앉아서 오크리지 사람들에게 원자와 우라늄과 중성자에 관해 모든 것을 이야기해주었어. 원자와 중성자가 무엇이고 어떻게 움직이고, 느린 중성자가 빠른 것보다 훨씬 위험하고 어쩌고저쩌고, 중성자가 한 군데에 너무 많이 모여 있으면 안 되고 어쩌고저쩌고, 이 물질들은 반드시 서로 떨어뜨려놓아야 하고, 카드뮴으로 흡수해야 하고, 또 어쩌고저쩌고…….

과학자들한테는 이런 것이 구구단만큼이나 기초적인 지식인데 그 사람들은 전혀 몰랐고, 그래서 내가 대단한 천재로 보였단다!

우리가
무슨 짓을 한 걸까?

"무슨 일을 계속하고 있다면,

그걸 왜 계속하고 있는지 다시 생각해봐야 합니다.

그런데 나는 전혀 생각해보지 않았습니다."

1981년 영국 BBC TV 인터뷰에서 파인만

우르릉 쾅! 원자가 폭발했어!

마침내 '아기'가 태어날 날이 되었어. 우리 모두 원자폭탄을 '아기'라고 불렀단다. 사막 한가운데 커다란 탑이 세워지고, 원자폭탄이 장전되었어.

우리는 검은 색안경을 끼라는 지시를 받았어. 검은 색안경이라고! 나는 30킬로미터 밖에 떨어져 있었는데, 30킬로미터 밖에서 검은 안경을 끼고는 폭탄이 터지는 광경을 제대로 볼 수 없었어. 그때 눈에 정말로 해로운 것은 밝은 빛이 아니라 자외선이라는 생각이 떠올랐어. 나는 검은 안경을 쓰는 대신 옆에 있던 트럭 운

전석에 올라앉았어. 자외선은 유리를 통과할 수 없기 때문에 트럭 창문으로 충분할 거야.

곧 엄청난 섬광과 함께 폭발이 일어났어. 어찌나 밝았는지 30킬로미터 밖에서도 바닥까지 온통 보랏빛으로 물들었어. 고개를 들어보니 멀리서 하얀빛이 노란색으로 변했다가 다시 오렌지색으로 변했단다. 구름이 생겨났다가 사라지고, 괴상하고 거대한 오렌지빛 공이 떠올랐어. 가운데가 너무 밝아서 오렌지빛 공이 되었는데, 공이 떠오르기 시작하더니 요동치면서 가장자리가 검게 변하고, 안쪽에서 섬광과 함께 열기가 뿜어져 나왔어. 1분 30초쯤 뒤에 갑자기 쾅! 어마어마한 굉음이 들리고 우르릉 천둥소리가 들렸단다.

생각하기를 멈춰버린 거야!

나는 그 빌어먹을 것을 똑똑히 보았단다! 최초로 원자폭탄이 폭발하는 광경을 맨눈으로 쳐다본 사람은 지구에서 나밖에 없을 거야. 10킬로미터 반경에 있었던 사람들은 눈을 가린 채 바닥에 엎드려야 했고, 내가 있던 곳에서는 모두 검은 안경을 썼기 때문이지.

그러니까 우리는 정말로 원자폭탄을 만든 거란다. 말하자면 어

파인만, 과학을 웃겨 주세요

렵고 믿을 수 없는 실험이 단번에 성공한 것이지. 로스앨러모스
는 축제 열기에 휩싸였어. 파티를 열고 모두들 흥분해서 날뛰었
어. 나도 자동차 뚜껑을 드럼 삼아 마구 두드려댔어. 그런데 딱
한 사람만은 침통했단다. 나를 처음으로 이 일에 끌어들인 밥 윌
슨 교수였어. 윌슨 교수가 침울하게 말했어.

"우리가 무슨 짓을 한 걸까……. 우리가 소름끼치는 괴물을 만
들었어."

부끄럽게도 나는 처음에는 잘 몰랐단다. 우리는 무언가를 성취
하기 위해 열심히 연구했어. 히틀러가 폭탄을 먼저 개발하는 것
을 막으려 했고 우리는 성공했어. 위대한 과학자들과 같이 일하
는 것이 즐겁고 좋았단다. 그래서 나는, 우리들은 생각하기를 멈
춰버렸어!

독일과 일본이 패하고 전쟁이 끝나가고 있었는데도, 이제 원자
폭탄이 없어도 되었는데도, 우리는 만들던 것을 계속 만들었지.
처음에 한 번 생각한 다음에는 더 이상 생각하지 않았던 거야. 우
리가 만들고 있던 것이 무엇인지, 정말 필요한 것인지, 옳은 일인
지, 앞으로 세계가 어떻게 변할 것인지…… 윌슨 한 사람만 계속
해서 생각을 했을 뿐이었어. 모두가 축배를 드는 그 순간에도.

폭발이 끝난 현장은 참혹했단다. 원자폭탄을 실었던 탑은 형체
도 없이 사라져버렸어. 산토끼들은 온몸이 갈가리 찢긴 채 발견

과학자와 놀자

되었어. 사막의 모래는 비췻빛으로 반들반들하게 녹아 붙어버렸지. 위에서 내려다보면 폭발의 흔적이 갈색 사막 한가운데 거대하고 기괴한 초록빛 구덩이를 만들어놓았어.

로스앨러모스의 과학자들은 뿔뿔이 흩어졌어. 나도 다시 문명 세계로 돌아왔어. 음식점이 있고 극장이 있고 도서관과 학교가 있고 남자와 여자들이 북적대는 곳…… 그리고 곧 코넬대학교에서 학생들을 가르치게 되었단다.

내가 다른 사람이 되었나 봐

아무것도 전과 같지 않았어. 나는 과학이란 언제나 쓸모 있고 좋은 것이라고 생각했어. 하지만 우리는 무시무시한 원자폭탄을 만들었지.

내가 인생을 즐겁게 바치려고 하는 과학이 이렇게 무서운 것을 만들어낼 수 있다면 과학은 악한 것이 아닐까……. 출근을 하면서도 레스토랑에 앉아서 식사를 하면서도 기분이 이상했고, 모든 것이 허무하게 느껴졌어. 원자폭탄이 얼마나 멀리까지 남김없이 파괴해버리는지를 슬프게 떠올리고, 저 멀리 창밖으로 보이는 건물들까지 거리가 얼마나 되는지 나도 모르게 계산하곤 했단다.

길을 걷다가, 다리를 건설하고 빌딩을 짓고 도로를 놓는 사람들을 볼 때면 더욱더 이상한 생각이 들었어. 모두 제정신이 아니야. 저 사람들은 아무것도 모르고 저런 것을 애써 만들고 있어. 이해할 수가 없어. 왜 자꾸 새로운 것을 만들지? 아무 짝에도 쓸모가 없는데…….

30년 동안 그 생각이 떠나지 않았단다. 마음만 먹으면 어느 나라고 핵폭탄을 만들 수 있고, 세계가 전쟁에 휩싸이고 당장이라도 지구가 끝장날 것 같았지. 다행히 내가 걱정한 일은 일어나지 않았어. 아직까지는 말이야.

스물여섯 살에
내 머리가 끝장나다니!

'내가 잘할 거라고 남들이 생각하기 때문에 잘할 필요는 없어!
사람들의 기대에 맞춰 살아가는 건 불가능해!
왜 다른 사람들이 기대하는 대로 살아야 하지?
그럴 의무는 없어. 나는 나일 뿐이라고!'
프린스턴 고등학문연구소에서 초청을 받고

늙은 수사자가 된 기분이야

나는 세상으로 돌아왔지만, 몹시도 힘이 들었단다. 내 인생에 처음으로 위기가 찾아온 것 같았어.

코넬대학교에서 나는 수리물리학을 가르쳤어. 수리물리학이란 수학을 물리학에 응용하는 과정인데, 전쟁 중에 내가 한 일이 바로 그것이었어. 수학의 어떤 것이 물리학에 쓸모가 있고 어떤 것이 그렇지 않은지 나는 잘 알고 있었지.

나는 열심히 강의를 준비했어. 온 힘을 다해서 학생들이 정말 알아야 할 것들을 가르치고, 시험 문제를 까다롭게 고르고, 학생

파인만, 과학을 웃겨 주세요

들을 지도했어.

나는 점점 지치기 시작했단다. 내가 태어나서 한 번이라도 무엇엔가 지친 적이 있었던가? 나는 언제나 멧돼지처럼, 토끼처럼, 즐거운 강아지처럼 살았는데…… 마치 오래도록 걷기가 계속되는 아프리카에서 먹이를 사냥하기에도 힘이 빠져버린 늙은 수사자처럼 늘어졌단다.

너무 열심히 강의를 준비했나? 그렇지 않았어.

나는 가르치는 일을 좋아했단다. 꼬마였을 때에도 나보다 더 꼬맹이인 동생을 앞에 놓고 재미있게 과학을 이야기해준 나인걸.

나는 가르치는 일이 정말 가치 있는 일이라고 생각했어. 학생들을 가르치면 기본부터 다시 생각하게 되거든. 이것을 가르치는 더 좋은 방법이 없을까, 더 좋은 연습 문제가 없을까 고민하고 학생들의 질문을 듣는 것은 즐거운 일이란다.

고맙게도 학생들은 내가 생각하지 못한 것을 새롭게 묻기도 하지. 그것이 때로는 새로운 연구의 실마리가 되기도 한단다.

코넬 대학교에 오기 전에 나는 강의를 하지 않아도 되는 그런 자리가 나에게 떨어진다 해도 절대 그 편한 곳에 가지 않으리라, 언제나 가르치면서 연구하리라 생각했는데…… 웬일인지 시간이 지날수록 즐겁지가 않았어. 나는 즐겁지 않은 일은 하지 못하는 사람인데, 그때는 즐겁지 않았고, 즐겁지 않았는데도 가르치고

과학자와 놀자

있었어. 단지 가르치고 있을 뿐, 새로운 생각이라곤 수염 한 오라기만큼도 솟아나지 않고 연구는 한 줄도 나아가지 못했어. 하루하루 죄책감에 시달렸단다.

강의가 끝나면 나는 도서관으로 도망가서 《아라비안나이트》를 읽었어. 그러다가 여자들에게 시답잖은 농담이나 던지고. 연구를 하려고 해도 잘되지 않았어! 피로하고 아무런 흥미가 생기지 않았지.

그동안 로스앨러모스에서 지나치게 열심히 일했던 걸까…… 끔찍한 것을 만드느라고 너무 많은 열정을 쏟아버린 걸까…….

그 무렵 사랑하는 아내도 내 곁을 떠나고 말았어. 아내는 임파선 결핵에 걸렸고, 그것을 알면서도 우리는 결혼했는데, 끝내 회복하지 못했어. 시간이 지날수록 아내가 이 세상에 없다는 것이 느껴졌어. 옷가게 너머로 예쁜 원피스만 보여도 나도 모르게 우울해졌단다. 나에게 온 마음으로 과학을 전해주었던 아버지도 돌아가셨어.

나는 완전히 지쳐버렸어. 연구 논문을 한 줄 썼지. 그다음엔 아무 일도 할 수 없었어. 아무 아이디어도 떠오르지 않았어! 스물여섯에 내 머리가 끝장나버린 것 같았단다.

고등학문연구소로 모셔가겠다고?

이상한 일도 다 있지. 내가 이 지경인데도 여러 대학교와 기업체들에서 코넬대학교의 연봉보다 더 높은 연봉을 주겠다며 나에게 오라고 했단다!

나는 더 풀이 죽고 더 기가 꺾였어. 저 사람들은 내가 더 이상 아무것도 할 수 없다는 것을 몰라! 저들은 내가 뭔가를 이루어주기를 바라지만 나에게는 아무런 아이디어도 없어…… 아무것도 생각할 수 없다고!

설상가상으로 믿지 못할 소식이 들려왔어. 프린스턴의 고등학문연구소에서 나를 초빙한다는 거야! 위대한 사람들이 놀라운 재능으로 숲 속에 멋진 집을 차지하고 앉아서, 학생들을 가르칠 의무도 없고, 그 밖에도 아무런 의무가 없으며, 오로지 좋아하는 연구만 하면 되는, 학문의 특별 전당으로 나보고 들어오라는 거야! 그곳에는 아인슈타인과 폰 노이만이 살고 있었단다.

고등학문연구소에서는 내가 가르치는 일을 좋아하고 고즈넉한 삶을 싫어한다는 것을 알고서 특별히 예외를 두어 이런 편지를 보내왔단다.

"교수님께서는 강의와 실험, 활발한 활동도 좋아하시니 원하신다면 언제든지 학생들도 가르치실 수 있도록 프린스턴대학교 교수와 고등학문연구소 연구원의 자리를 함께 제안합니다.”

고등학문연구소라니! 그것도 특별한 예외라니! 아인슈타인보다 더 좋은 예우가 아닌가!

욕실에 가서 면도를 하는데 실실 웃음이 나왔단다.

이건 옳지 않아. 위대한 과학자들보다 더 좋은 자리를 만들어 주겠다니, 공평하지 못하다고. 나는 아무것도 아니야! 그런데 사람들이 환상을 품고 있어! 그들은 잘못 판단했어. 어리석은 사람들이라고.

나는 갑자기 알게 되었단다. 내가 잘할 거라고 남들이 생각하기 때문에 잘할 필요는 없어! 사람들의 기대에 맞춰 살아가는 건 불가능해! 왜 다른 사람들이 기대하는 대로 살아야 하지? 그럴 의무는 없어. 나는 나일 뿐이라고!

이상하게도 그런 생각을 하니 기분이 나아졌단다.

고등학문연구소뿐만 아니라 내가 일하고 있는 코넬대학교에 대해서도 똑같은 생각이 들었어. 그들은 나에 대해 좋게 평가하고 내가 뭔가 이루기를 바라면서 돈을 주고 있지. 하지만 내가 잘할 거라고 생각했다면 그건 자기들 잘못이지 내 잘못이 아니라고!

파인만, 과학을 웃겨 주세요

옛날에는 왜 물리학이 재미있었지?

물리학을 '연구'하는 것은 어렵지만 가지고 '노는' 것은 쉽다.

중요한가 아닌가 따위는 잊어버리자.

《아라비안나이트》를 읽듯이 재미로 물리학을 하는 거야.

코넬대학교 교수 시절

무슨 상관이람, 재밌으면 되는걸

나는 다시 즐거운 파인만으로 돌아왔어. 끊임없이 나를 괴롭히는 양심의 가책에서 벗어나고 홀가분해졌어. 그리고 그동안 내가 물리에 싫증을 내고 있었다는 것을 깨달았단다. 어떻게 된 일이지? 나는 언제나 즐겁게 물리학을 공부했는데…….

옛날에는 왜 물리학이 재미있었지?

그제야 알겠더구나. 전에는 물리학을 가지고 놀았단다! 내가 하고 싶은 것만 하고 파인만 씨가 물리학의 발전에 큰 기여를 할 것인가 아닌가 따위는 신경도 쓰지 않았어.

고등학교 때 일이 생각났어. 하루는 양치질을 하다 말고 수도 꼭지에 정신이 팔렸지. 수도꼭지에서 물이 흘러나오다가 물줄기가 점점 가늘어졌어. 나는 무엇이 물줄기의 곡선 모양을 결정하는지 알고 싶어 안달이 났단다. 머리를 굴리고 또 굴리고 계산도 해보았지. 그렇게 까다로운 문제는 아니었어.

그런 짓을 나는 왜 했을까? 시험에도 안 나오고 중요한 발견도 아니었는데. 발견의 역사에 보탬이 될 만한 것도 아니고, 어쩌면 그런 것쯤 누군가가 벌써 해놓았는지도 모르고.

하지만 무슨 상관이람! 내가 재미있으면 되는걸. 나는 언제나 재미로 생각하고 재미로 발명하고 재미로 가지고 놀았단다. 문득 고대 그리스의 시인이 했다는 말이 떠올랐어. 남의 눈치를 보느라 즐거움을 잃어버리는구나…….

그래, 중요한가 아닌가 따위는 잊어버리자. 《아라비안나이트》를 읽듯이 재미로 물리학을 하는 거야! 대학에서 좋은 자리나 차지하고 앉아서 가르치는 것을 즐기자. 내키는 대로 하고, 하고 싶은 것만 하는 거야! 그동안 괴로운 마음으로 꽤 오랫동안 헤맸다고 생각했는데 따지고 보니 그렇게 길지도 않았더구나.

접시에 관한 방정식

며칠이 지났어. 나는 식당에 앉아 있었지. 장난기 많은 한 학생이 접시를 공중에 던져 올리고 있었어. 접시가 공중에서 날아갈 때 양옆으로 흔들리면서 접시 밑바닥에 새겨진 빨간색 코넬대학교 마크가 빙글빙글 돌아갔어. 접시가 옆으로 흔들리는 것보다 코넬 마크가 도는 것이 훨씬 더 빨라 보였단다.

그것이 왜 궁금했는지 모르지만 나는 회전하는 접시의 운동에 대해 생각해보았어. 생각할수록 재미있어졌는데, 나는 어느새 아주 복잡한 방정식을 풀고 있었어. 그리고 코넬 마크의 회전이 좌우로 흔들리는 횟수의 두 배라는 것을 발견했단다. 그런데 왜 꼭 두 배일까?

나는 그때에 할 일이 별로 없었어. 그래서 며칠 동안 계속 생각했지. 아하! 물체 속에 들어 있는 원자들의 운동과 가속도가 균형을 이루어 그렇게 되는 거군!

나는 한스 베테 교수에게 이야기했단다. 로스앨러모스에서 함께 지낸 베테 교수는 나를 코넬대학교에 취직시켜주었고 코넬대학교에서 가르치고 있었지.

"교수님, 제가 방금 재미난 걸 발견했어요. 접시가 돌 때 밑바닥 상표와 접시의 좌우 흔들림 회전 비율이 두 배입니다. 그건 말이에요……."

그렇게 가속도와 균형에 대해 한참 동안 설명했어.

"파인만, 재밌기는 하네만, 그게 왜 중요하지? 왜 그걸 하나?"

"예, 중요하지 않아요, 전혀 중요하지 않지요. 뭐, 그냥, 재미로 해본 겁니다!"

베테 교수가 무슨 말을 더 했던가? 나는 실망하지 않았어. 파인만은 이제 하고 싶은 것만 하면서 재미로 물리학을 하기로 작정했으니까 말이야.

나는 접시에 관한 방정식을 계속 생각했어. 그러자 상대성이론에서 전자궤도가 어떻게 움직이는지 생각해보게 되었고 생각이 꼬리에 꼬리를 물고 이어져 현대 물리학자들의 전기동역학 방정식과 양자전기역학에까지 도달했단다!

이것은 원자폭탄 프로젝트 때문에 로스앨러모스로 떠나기 전에 내가 연구하고 있던 분야였어. 접시에 관한 방정식을 찾다 보니 내 연구의 실마리가 보였던 거란다. 그걸 당시에는 깨닫지 못했을 뿐이었지. 나는 내가 로스앨러모스로 가기 직전에 연구하고 있었던 것을, 방향을 살짝 틀어 접시에 관한 방정식을 생각하면서 이어가고 있던 것이었는데, 사실은 깨닫지 못했을 뿐이었어.

그다음에는 하나도 힘들지 않았어. 물리학을 '연구'하는 것은 어렵지만 가지고 '노는' 것은 쉽단다! 어깨에 힘을 빼고 다시 '놀기' 시작하자, 꽉 막혀 있던 병마개를 뽑아버린 것과 같아서 그 뒤로는 머리를 쥐어짜내지 않아도 아이디어가 저절로 흘러나오게 되었단다.

흔들리는 접시에 관한 방정식은 하나도 중요하지 않았지만 결국에는 중요한 것이 되었어! 몇 년 후 내가 전자들의 행동에 관한 아이디어를 얻고, 요상하지만 물리학에서 꽤 중요한 그림을 구상하게 된 것도, 그리하여 노벨상을 받게 된 것도, 그 후의 모든 업적도, 흔들리며 날아가는 접시를 생각하며 시간을 허비한 덕분이란다.

과학자와 놀자

"세계에 대해 뭔가를 많이 발견하면 할수록 좋지요.

나는 발견하기를 좋아합니다."

_리처드 파인만

5

Richard Feynman

과학자들도 모르는 것이 수두룩하다

못 말리는
과학자

파인만은 늘 말했다. 자기가 물리학을 하는 이유는
수상의 영광을 위해서가 아니라 재미를 위해서라고!
세계가 어떻게 작동하는지, 세계를 똑딱거리며 가게 하는 것이
무엇인지를 발견하는 순수한 기쁨 때문이라고.
파인만의 물리학 강연을 편집한 제프리 로빈슨

나는 과학자라고!

1965년에 나는 노벨물리학상을 받았단다. 그때가 마흔일곱 살
이었어. 그렇다고 내가 마흔일곱 살에 중요한 업적을 이루었나?
그것이 아니란다. 나는 언제나 즐겁게 연구했고, 내가 하고 싶은
것을 계속해서 했을 뿐이야. 내 연구가 언젠가 노벨상으로 이어
질지 말지 누가 알았겠어. 노벨상을 받지 않았다면, 내 연구는 헛
된 것이었을까? 그렇지 않단다. 노벨상이 없었다고 해도 나는 즐
겁게 그 일을 했을 거야. 내가 전자라고 상상하고서 전자들과 함
께 놀았던 그날들을 나는 언제까지나 즐거워할 거란다.

내가 노벨상을 받았다고 과학자인가? 노오! 나한테 노벨상을 주지 않아도 나는 과학자이고 앞으로도 영원히 과학자일 거라고!

먼 옛날 과학자들의 먼먼 조상 때부터 전해져오는 진실이 있는데 말이야. 몸속에 진정으로 과학자의 피가 흐르고 뼛속부터 과학자인 사람은 이런 사람들이란다. 자연의 비밀을 들여다보는 것, 양파의 껍질을 벗기듯 우주의 비밀을 하나씩 하나씩 밝히는 일에 신성한 기쁨을 느끼는 자들이지. 그것이 수백만 겹으로 된 양파 같아서 우리는 그저 껍질이나 벗기다가 지쳐버릴지도 모르지만, 그렇다고 해도 상관없단다. 그것은 누가 알아주거나 유명하게 되는 것과는 아무런 상관이 없는 종류의 기쁨이거든.

치통 아줌마의 이야기

우리 과학자들의 위대하고도 보잘것없는 처지에 대해 생각하려니 〈치통 아줌마〉가 생각나는걸. 안데르센의 재미있는 이야기들 중에 〈치통 아줌마〉라는 이야기가 있는데 말이야.

치통 아줌마가 하루는 뭐 재미있는 일이 없을까 방 안을 두리번두리번하고 있었지. 그때 창문으로 팔랑 나뭇잎 한 장이 날아들었어. 방금 보리수나무에서 떨어진 싱그러운 초록빛 잎사귀였어.

치통 아줌마는 작고 통통한 애벌레 한 마리를 발견했어. 애벌

과학자들도 모르는 것이 수두룩하다

레는 무슨 굉장한 조사라도 벌이는 것처럼 나뭇잎 구석구석을 꼬물꼬물 기어 다니고 있었는데, 순간 치통 아줌마는 인간의 지혜라는 것에 대해 생각하지 않을 수 없었단다. 인간이란 고작 저 나뭇잎 위의 애벌레 한 마리에 지나지 않는 것이 아닐까, 그런 주제에 나무에 대해, 줄기와 가지와 뿌리에 대해 일장 연설을 해대는 건 아닐까 하고. 그뿐인가. 인간이 절대로 알 수 없는 것들에 대해서도 얼마나 큰 소리로 떠들어대는지! 신이 어떻고 영혼이 어떻고 불멸이 어떻고 하면서 말이야.

그런데 어쩐지 나도 치통 아줌마와 비슷한 고뇌에 잠기게 되지 뭐야. 이봐요, 치통 아주머니, 우리 과학자의 처지도 비슷하답니다! 무한한 우주 앞에서 나뭇잎 위에서 잎맥을 살피는 초라한 애벌레 한 마리와 나 파인만이 무엇이 다르겠어요?

하지만 이상한 일은 말이야, 애벌레 한마리와 같은 처지인걸 알면서도 과학자는 끝없이 끝없이 알고 싶어 한다는 거야!

나뭇잎이 무엇으로 되어 있는지, 잎맥이 어디로 통하는지, 잎맥 속에 무엇이 흐르는지, 나뭇잎이 왜 초록색으로 보이는지, 그러다가 왜 갈색으로 바뀌고 어느 날은 나무에서 팔랑 하고 떨어져버리는지 무엇이나 시시콜콜……

도대체 왜 이런 것을 알고 싶냐고? 그냥 알고 싶기 때문이지! 아는 것이 기쁘고 신나고 즐거운걸. 가슴이 벅차는걸. 애벌레가 나무와 숲에 대해 결코 알 수 없듯이, 우리가 우주에 대해 모든 것을 알 수 없고, 완전히 알 수 없다고 해도, 하나씩 알아가지 않고는 못 배기겠는걸.

내가 연구하는 입자물리학의 세계를 이야기해 볼까. 얼마 전까지 과학자들은 원자가 세상에서 가장 작은 알갱이일 거라고 믿었는데, 원자 안에서 수백 가지 작은 입자들을 발견하고 어리둥절했지.

원자 속에 아주 작은 핵과 아주 작은 전자가 있고 핵 속에도 수많은 입자들이 들어 있었어. 이 조그만 입자들에 비하면 작디작은 원자도 우주만큼 거대한 세계일 정도였어. 이렇게 작은 알갱이들의 세계에서는 우리가 상상하기 힘든 괴이한 일들이 일어나는데, 입자물리학자들이 지금 그 세계를 파헤치고 있지.

우주의 기본 입자 '쿼크'

원자보다 더 작은 입자들이 있다고, 이거 참! 입자물리학자들은 이제 더 이상 우주 만물이 원자로 이루어졌다고 말할 수 없게 되었어. 과학자들은 원자보다 더 작고, 원자보다 더 근본적이고, 원자들을 만든 기본 재료를 찾으려고 고심하는데, 편리한 대로 그것을 '쿼크'라고 부르고 있단다.

과학자들도 모르는 것이 수두룩하다

이름이 좀 괴상하다고? 그것을 무어라 부르든 상관이 없어. 쿼크든 꽥이든 개코든 무어라도 말이야. 이름이 중요한 것이 아니라 세계가 그것으로 이루어졌다, 라고 부를 수 있는 우주 만물의 기본 재료가 정말로 존재하는가 하는 문제야말로 진짜로 심각하고 어렵고 엄청난 수수께끼이지.

아니, 쿼크가 있다면서 아직도 비밀이 풀리지 않았단 말이야? 그렇단다. 아직은 아무도 쿼크를 본 사람이 없어. 쿼크라는 것이 정말로 있는지조차 아무도 알지 못하지! 물리학자들은 강력한 원자분쇄기와 '거품상자'라고 불리는 실험 장치를 가지고 원자를 아주 아주 높은 에너지로 충돌시키면서 쿼크의 존재를 입증하려고 무던히도 노력하고 있단다. 아직도 풀리지 않은 수수께끼가 있고, 때로는 문제가 아주 심각하게 보이기도 하지. 하지만 바로 그것이 신나는 일인걸!

정말로 쿼크라는 존재가 명명백백히 입증되는 그런 날이 올까? 그래서 세계가 쿼크로 이루어졌다고 말할 수 있다면, 그때는 무슨 일이 일어날까? 그래서 어쨌단 말인가? 어쩌면 아무 일도 없을지 모르고, 그런 것을 알아봤자 아무 쓸모도 없을지 모른단다.

그런데 과학자들은 왜 그런 것을 할까? 세계가 무엇으로 되어 있는지 이해하는 것이 즐겁기 때문이야. 우주의 나이를 아는 것이 무슨 쓸모가 있을까? 수천만 광년 떨어져 있는 퀘이사를 발견

지구에 무슨 일인가 일어나서 다음 세대에 물려줄 과학 지식이
단 한 줄밖에 남지 않게 된다면 그것은 아마도 원자 가설일 것입니다.
"이 세상 모든 물질은 원자로 되어 있다."

과학자들도 모르는 것이 수두룩하다

하는 것이 과연 무슨 쓸모가 있을까?

전혀 쓸모가 없지! 하지만 그것은 재미있는 일이야! 인간에게 는 호기심이 있는데, 어린이와 과학자들한테 특별히 그것이 좀 많이 있지. 자연에 대한 호기심을 주체할 수 없고, 우리가 속한 이 우주란 곳이 궁금해서 견딜 수 없기 때문에 나는 즐겁게 물리 학을 한단다.

너희에게도 그런 호기심이 있을까? 그렇다면 너희도 과학자가 될 수 있단다. 원자니 전자니 쿼크 따위는 잊어버리렴. 너희 주변 에 있는 것, 너희가 매일 무심히 보아 넘기는 자연에도 이상한 일 들이 수두룩하게 널려 있지.

도대체 구름은 어떻게 하늘에 떠 있을까? 저녁노을이 어떻게 붉게 물들까? 무지개 빛깔의 비밀은? 물속에 기름이 섞여 있으면 왜 색깔이 나타나지? 천장에 매달려 있는 전등은 왜 이리저리 흔 들리는 거야? 낮에는 왜 별들이 안 보이지? 조금만 관찰하고 조 금만 다르게 생각해보면 풀어야 할 수수께끼가 끝이 없는걸. 비 밀을 하나씩 알고 친구나 동생에게 설명할 수 있게 된다면, 그다 음에 더 미묘한 비밀을 파고드는 거야.

지구촌 곳곳에서 지금도 어린 과학자들이 자라나고 있다는 것 이 나는 즐겁단다. 그렇지만 아무리 노력한다고 해도 우리는 이 제 뉴턴이나 아인슈타인 같은 과학자가 될 수는 없을 거야. 뉴턴의 시대는 지나가고, 아인슈타인의 시대도 지나갔지.

앞으로 다가올 과학의 시대에는 한 사람의 위대한 천재가 나타나 과학의 역사를 뒤바꾸는 놀라운 순간을 맞게 될 것 같지는 않단다. 지금은 수많은 과학자들이 협력해야만 일을 할 수 있고, 혼자서 사색을 하고 실험을 하며 발견을 이루게 되는 일이 점점 더 드물어지고 있기 때문이야.

하지만 중요한 이야기가 있어. 단언하건대, 과학을 좋아한다면, 자연의 비밀이 궁금하다면 너희 중에 나 같은 과학자가 될 수 있는 사람은 아주 많을 거라는 사실이야.

과학자들도 모르는 것이 수두룩하다

과학을 배우려면 영리해야 할까? 나에게 묻는다면 나는 고개를 가로젓고 팔을 훼훼 저어댈 거야. 하지만 이것은 분명하지. 과학자가 될 어린이라면 인내심과 호기심이 많아야 하고 의심할 줄 알아야 해. 아무것도 책에 씌어 있는 대로 받아들이지 말 것. 스스로 의심하고 의심하고 또 의심해볼 것. 왜 그럴까, 정말 그럴까 스스로 생각해보고 관찰해보고, 실험할 수 있다면 실험을 해보고. 어렵게 보인다고? 아니야, 나는 과학자들만이 할 수 있는 복잡하고 어려운 실험에 대해 말하는 것이 아니야. 아니고 말고.

학교에서 자석이 쇠를 잡아당긴다는 것을 배웠다고 해 봐. 아니면 우연히 책에서 읽었다거나. 자석이 쇠를 당긴다는 사실을 맨 처음 알았을 때 자석을 가지고 정말로 실험을 해보는 아이가 몇 명쯤 있을까? 자석이 정말로 쇠를 잡아당길까 의심하면서 돌과 모래와 냄비와 플라스틱, 유리, 고무, 종이, 인형, 동전, 연필…… 눈에 띄는 것 무엇이든지 스스로 자석을 갖다 대보는 아이들 말이야.

정말로 자석이 쇠만 잡아당긴다면 '자석이 도대체 왜 쇠를 잡아당기는 거지?' 하고 의심해 보아야 해! 자석이 시시해 보인다고? 과학자들이라고 자석에 대해 다 알고 있을까? 나는 평생 동안 물리학을 공부했고, 노벨상도 받았지만 자석끼리 왜 끌어당기는지 아직도 속 시원히 알지 못하는걸.

사람들은 과학자들이 모든 것을 알고 있을 것이라고 생각하는데, 전혀 그렇지 않아. 과학자는 모든 것을 아는 사람이 아니라 알기 위해 노력하는 사람일 뿐이야! 보통 사람들보다는 자연에 대해 많이 알지만, 과학자들도 모르는 것이 아직도 수두룩하단다. 우리가 호기심을 가지고 탐구하는 것은 답을 알기 때문이 아니라 모르기 때문이라고!

수학으로
자연을 봐!

"자연이라는 거대한 책은 수학으로 씌어 있다."

갈릴레오 갈릴레이

아이고 답답해! 과학을 배워야 보인다고!

과학을 배우면 세계가 전혀 다르게 보여! 보통 사람들은 보지 못하는 것을 보게 되거든. 우리 주위에 분명히 있고, 끝없이 움직이고, 나타났다가 사라지는 수많은 현상들 속에 놀라운 세계가 숨겨져 있는데, 안타깝게도 그것은 특별히 배우지 않고서는 볼 수가 없다는 거야!

3D 입체 영화가 있다고 하자. 입체 영화를 흥미진진하게 보기 위해서는 특수 안경이 필요하지? 과학의 눈으로 자연을 보는 것은 특수 안경을 쓰는 것과 비슷하단다. 과학을 배우는 건 마음과

과학자들도 모르는 것이 수두룩하다

머릿속에 자연을 보는 특별한 안경을 갖게 되는 일이거든. 과학을 공부하지 않는다면 신비롭고 아름다운 자연을 특수 안경도 끼지 않고 소리도 색깔도 없는 무성 흑백영화로 보는 것과 같아. 나는 그 사람들에게 소리쳐주고 싶단다. 아이고, 답답해! 이봐요. 내가 지금 3D 입체 영화로 보고 있는데, 지금 굉장한 소리가 들려오고요, 이건 보라색이고요, 저건 황금색인데 입체로 보여요! 하지만 아무리 떠든다고 옆에서 무성 흑백영화를 보고 있는 사람이 알고, 느끼고, 함께 흥분할 수 있을까?

사람들은 눈으로 자연을 바라보지. 맨눈으로 볼 수 없는 세계는 현미경이나 망원경으로 볼 수 있지. 과학자들은 현미경이나 망원경으로 볼 수 없는 세계까지도 볼 수 있는데, 우리 과학자들은 수학으로 그 세계를 보고 이해한단다.

어느 한 바보가 할 수 있는 일이라면 다른 바보도 할 수 있다

과학을 배우기 위해서는 수학을 알아야 해. 자연에 대해 배우고 깊이 알기 원한다면 자연의 언어를 이해해야 한단다. 자연에게도 언어가 있나요오~~? 너희가 이렇게 물어 본다면 오래전에 갈릴레오 갈릴레이가 한 말을 전해줄게.

파인만, 과학을 웃겨 주세요

"자연이라는 거대한 책은 수학으로 씌어져 있다!"

무슨 말이고 하니, 불행히도 우리 인간은 자연의 비밀을 직접적으로 이해하는 방법을 알지 못한단다. 그저 눈으로 보고 만지고 두드리고 맛을 보고 이야기를 나누는 것만으로는 도저히 알 수 없는 자연의 비밀들이 있는데, 그것은 수학으로 캐야만 한다는 거야.

갈릴레오는 수학의 신비로움과 능력을 눈치챘고, 물리학자들은 갈릴레오가 시작한 방법을 따라 과학을 발전시켜왔어. 그 길을 따라갔더니 놀랍게도 우리를 둘러싼 자연에 대해 그 이전에는 인류가 결코 알 수 없었던 것들을 이해하게 되었지. 우주 만물이 무엇으로 만들어졌는지, 지구와 달과 행성들이 어떻게 움직이는지…… 수십 억 년 동안 왜 지구의 바다는 하루에 두 번씩 꼭꼭 한쪽으로 밀려갔다가 다른 쪽으로 밀려가고 있는 건지, 공기는 먼지보다 가벼운데 왜 우주로 흩어져버리지 않는 건지, 빛이 무엇이며 전기가 무엇인지, 별과 은하들이 어떻게 탄생했는지, 우주가 어떻게 탄생했는지…… 이렇게 어려운 문제들을 과학자들은 수학을 이용해서 설명할 수 있게 되었단다.

자연을 이해하기 위해서는 수학이 꼭 필요하지만 어떤 사람들은 수학을 몹시도 어려워한다는 것이 유감이야. 하지만 너희에게 진실을 한 가지 말해주려고 하니 귀를 가까이…… 수학이 어렵

과학자들도 모르는 것이 수두룩하다

다고? 쉿! 수학이 어려운 것이 아니라 선생님이 어렵게 가르쳐주는 것뿐이란다!

나는 몇몇 뛰어난 사람만이 수학을 이해할 수 있고, 나머지 세상 사람은 그럴 능력이 없다는 생각을 믿지 않아. 수학이 어렵고 복잡하게 보일 수는 있지만, 수학은 인간이 발견한 것이고, 그러니 인간이 이해할 수 없을 정도로 어렵거나 복잡하지는 않을 거거든. 내가 가지고 있는 수학책에 이런 말이 씌어 있지.

"어느 한 바보가 할 수 있는 일이라면 다른 바보도 할 수 있다."

그 책에는 이런 말도 씌어 있어.

"수학책은 대부분 바보들이 쓴 것인데(그들은 대부분 아주 똑똑한 바보들이다.) 수학이 얼마나 쉬운지를 보여주는 대신에 일부러 어려운 길로 돌아가면서 자기들이 엄청나게 똑똑하다는 것을 과시하려고 하는 것처럼 보인다!"

자연의 상상은 인간의 상상보다 위대하다

수학으로 자연을 바라보게 된 이후로 과학은 눈부시게 발전했단다. 우리는 이제 갈릴레이나 뉴턴조차 상상할 수 없었던 것들에 대해서까지 알게 되었어. 뉴턴은 태양계 너머에 무엇이 있는지 알지 못했고, 갈릴레이는 원자에 대해서는 상상도 하지 못했지. 세계는 옛날에 시인이나 몽상가들이 상상한 것보다 훨씬 더 신비롭고 놀라운 곳이란다.

상상해 봐. 먼 옛날에 사람들은 바닥 없는 바다를 헤엄치는 거대한 거북 위에 코끼리가 타고 있고, 그 코끼리 등판 위에 땅과 호수와 강과 숲과 마을이 있다고 믿었어. 하지만 자연의 상상력은 인간의 상상력보다 위대하단다! 과학자들이 마침내 알아내고 보니 수십 억 년 동안 팽이처럼 회전하며 우주 공간을 맴도는 공 위에 우리가 있고, 우리 모두는 신비한 힘에 이끌려 그 공에 달라붙어 있었단다. 우리들 가운데 반쯤은 완전히 거꾸로 매달려 있고 말이야!

과학을 배운다는 건, 마침내 인간의 지혜로는 가늠할 수 없는 자연의 신비를 알게 되는 일이고 그 신비가 어디까지 뻗어 있을지를 겸허히 바라보게 되는 일이란다.

나는 과학자가 될 아이들만이 열심히 과학을 배워야 한다고 생각하지 않아. 몇백 년 전에는 아무도 과학을 가르치지 않았고 배우지도 않았어. 그때는 보통 사람들이 교육을 받는다는 건 상상도 할 수 없는 일이었어. 만약에 갈릴레오가 다시 살아난다면 아마도 두 번 까무러칠 거야. 한 번은 귀족이나 수도사들만이 아니라 평등하게도 평민의 아이들이 학교에 다니는 것을 보고 놀라고 또 한 번은 아이들이 과학 시간에 무엇을 배우는지 보고서 말이야.

과학자들도 모르는 것이 수두룩하다

과학 선생님들은 학생들에게 지식을 가르쳐야 한다고 주장하지. 수많은 지식을 가르치고 머리에 쑤셔 넣고 시험을 치르고……. 하지만 과학은 결코 그런 게 아니야!

과학은 지식이 아니라 경이란다!

과학 선생님들을 모아놓고 강연을 한 적이 있는데, 그 자리에서 나는 목이 터져라 외치고 또 외쳤어.

"우리는 아이들에게 지식이 아니라 경이를 가르쳐야 해요! 지식 자체가 아니라 과학자들이 그 지식을 어떻게 발견해냈는지를 가르쳐야 한다고요. 그 과정이 얼마나 놀라운지, 그리고 자연이 얼마나 경이로운 법칙을 따라 움직이는지를 말이에요!"

어느 새벽에 나는 여동생과 함께 북쪽 하늘에서 오로라*를 보았단다. 신비한 초록빛으로 물결치며 반짝이는…….

지구의 자기장이 어떻고 태양풍이 어떻고, 백과사전에 씌어 있는 대로 읊조리기 전에, 너희가 정말로 한 번만이라도 오로라를 볼 수 있다면! 그리고 하늘에 어떻게 그런 일이 일어날 수 있는지 그 비밀이 정말로 알고 싶다고 느낀다면!

그날 이후로 여동생과 나는 하늘에서 반짝이는 것들에 매료되었어. 훗날 여동생은 천문학자가 되었어. 동생이 자기 분야는 절

● **오로라(Aurora):** 태양에서 방출된 대전입자(플라스마)의 일부가 지구 자기장에 이끌려 대기로 진입하면서 공기 분자와 반응하여 빛을 내는 현상. 북반구와 남반구의 고위도 지방에서 흔히 볼 수 있다.

파인만, 과학을 웃겨 주세요

대로 넘보지 말라고 했기 때문에 나는 천문학을 여동생에게 양보했단다!

오로라가 아니어도 좋아. 지구에는 오로라를 볼 수 없는 곳에서 살아가는 아이들이 훨씬 더 많으니까 말이야. 그렇다면 달은 어떨까? 너희는 달이 어떻게 하늘에 떠 있는지 신기하게 생각해 본 적이 있을까? 달은 왜 둥그랬다 가늘어졌다 모양이 변하는 거지? 조금만 둘러보면, 조금만 고개를 갸웃거리면 우리 주변에는 정말로 궁금하게 여겨야 할 비밀이 수두룩하단다.

과학자들도 모르는 것이 수두룩하다

_파인만의 강연을 책으로 엮은 편집자 제프리 로빈슨

파인만 씨, 농담도 잘하시네요

하고 싶은 게
너무 많아!

"그래, 이번 여름에는 다른 곳을 찾아가지 말고
다른 분야를 찾아가 보자!"
캘리포니아공과대학교로 갈 즈음

생물학에 빠졌어

1951년부터 나는 캘리포니아공과대학교에서 지냈어. 미국 대륙을 가로질러 동쪽에서 서쪽 끝으로 이사를 가느라고 꽤 힘들었어. 코넬대학교가 있는 뉴욕 주 북부는 너무 추웠고, 겨울이 되면 눈발 속에서 운전을 하느라고 어찌나 고생을 했던지, 마침 캘리포니아공과대학교에서 오라고 하기에 얼른 자리를 옮겼지.

캘리포니아공과대학교에는 천문학자부터 동물학자까지 과학에 대해서라면 모든 전공과목의 연구자들이 다 있었어. 학교 식당에서 누구를 만나든, 어떤 이야기를 듣든 모두 새롭고 재미있었어.

나는 1~2학년 학생들을 위해 물리학 강의를 하기로 마음먹었단다. 학교에 입학할 때는 물리학에 대한 열정과 호기심으로 빛났던 학생들이 이상하게도 고학년이 될수록 점차 바보가 되어가는 것 같았기 때문이야. 쉽고 재미있게 현대물리학의 본질을 가르쳐서 학생들이 물리학에 대한 애정을 잃지 않도록 이끌어주는 거야!

나는 지금까지 무슨 일을 하고 후회한 적이 없지만 이 강의만큼은 무척 아쉽단다. 언젠가 한 번 더 기회가 온다면 그때는 더 잘할 수 있을 텐데…….

나는 여러 곳에서 강의를 했어. 브라질과 일본에도 가고, 내가 떠났던 코넬대학교에서도 연말에 한 번씩 강의를 했어. 그리고 휴즈 항공사에서 수요일마다 내가 떠들고 싶은 주제로 마음껏 떠들었지.

어느 여름방학에는 생물학에 호기심이 생겨서 생물학 연구실에서 지내기로 했단다. 처음에는 그저 실험실의 접시나 닦으면서 구경이나 해볼까 했지. 그런데 생물학 조교가 그러는 거야. "보통 대학원생들처럼 실제로 연구를 하십시오. 우리가 연구 주제를 정해드리겠습니다."

그렇게 해서 나는 생물학 수업을 듣고 박테리아를 연구하게 되

파인만 씨, 농담도 잘하시네요

었어. 그 일이 꽤 재미있어서 뒤에 안식년이 왔을 때 나는 1년을 몽땅 생물학 실험에 바쳤단다. 하지만 꼼꼼한 생물학 실험을 하기에는 내가 지나치게 덜렁대는 약점을 지녔다는 것을 알게 되었지. 박테리아를 막자사발에 넣고 갈면서 단백질을 추출해야 하는데 너무 힘을 주어버려 귀한 박테리아들을 다 묵사발을 만들어놓았단다. 나는 다시 내가 사랑하는 물리학으로 돌아왔어.

이런, 내가 죽는다는군!

어느덧 나는 예순아홉 살이 되었어. 예순아홉 살이면 누구나 늙었다고 말하지. 하지만 나는 그렇게 생각하지 않았어. 심지어 암에 걸렸으면서도 말이야.

몇 년 전에 나는 꽤 큰 수술을 두 번이나 했단다. 내 배 속에 무슨 덩어리가 있는데 크기가…… 탁구공도 아니고 야구공도 아니고 럭비공만 하다는 것이었어! 그 때문에 내 옆구리가 볼썽사납게 튀어나와 있었는데도 나는 아무것도 모른 채 내 즐거운 일만 하고 살았단다. 훌륭한 의사 선생님 덕분에 종양은 떼어낼 수 있었어.

하지만 얼마 못 가 새로 또 암에 걸렸어. 희귀한 이 암은 이름도 어려운데 '발덴스트룀 마크로글로불린혈증'이라나 뭐라나? 이 병에 걸리면 골수에 문제가 생겨서 피가 끈적끈적해지고 굳어진다는 거야.

친구들은 내가 얼마 살지 못할 거라고 생각했어. 그럴지도 모르지. 그렇다고 내가 불행한 사람이 되었다거나 의기소침해졌다거나 우울증에 빠져 허우적거렸을 거라고는 생각하지 말기 바란다. 나는 의사에게 말해두었어. 만약 수술하다가 내가 죽을 것 같으면 마취에서 깨워달라고. 죽는 줄도 모르고 죽는 건 정말 싫거든. 죽는 것이 내가 할 수 있는 마지막 일이라면 어떤 과정을 거쳐 사람이 죽게 되는지 조금이라도 맑은 정신으로 알고 싶은걸.

나는 아이들이랑 놀고 아내와 친구와 여행을 떠나고 강의하고 연구하고 그림을 그리고 어려운 수수께끼에 도전하고 드럼을 연주하며 지냈어. 음…… 그리고 얼마 전부터 엉뚱한 생각에 사로잡혔는데, 탐험가가 되어 몽골 북서쪽, 러시아의 동쪽에 있는 투바라는 나라로 떠나는 것이었단다.

투바! 지리 시간에 100점을 맞은 아이라도 아마 처음 들어보는 이름일 거야. 투바의 수도는 키질인데, Kyzyl, 우와, 철자가 Kyzyl이라니! 모음이 하나도 없는 글자잖아! 바로 그 때문에 나는 무조건 투바에 가고 싶어졌단다. 그곳은 괴상한 이름에 걸맞게 흥미진진한 곳일 거야! 그리고 이것이 중요한데, 노벨상을 받은 물리학자가 아니라 이름 없는 탐험가로 그곳을 찾아가고 싶었어.

파인만 씨, 농담도 잘하시네요

아무래도 이놈의 마음은 영 나이를 먹지 않는 듯싶구나. 나는 죽는 것을 예민하게 생각하지 않았고, 하고 싶은 일들을 생각하느라고 바빴어. 게다가 나는 중요한 일을 또 하나 맡게 되었지.

챌린저호가 폭발했어!

1986년 1월 28일이었어. 점심시간인데도 수백만이나 되는 사람들이 TV를 보고 있었어. 우주왕복선 챌린저호가 발사되는 걸 보려고 말이야. 너희 엄마 아빠도 그때 TV 앞에 있었을걸. 챌린저호는 원대한 사명을 안고 우주로 날아갔지만 불행히도 맡은 일을 해내지 못했어. 발사된 지 겨우 73초 만에 폭발해서 산산조각이 나 버렸으니까.

챌린저호에는 일곱 사람이 타고 있었어. 여섯 사람은 경험이 많은 우주비행사였지만 내 아내 또래의 초등학교 여선생님도 한 분 있었단다.

TV를 지켜보던 수많은 시민들, 현장 기술자들, 미국항공우주국NASA의 책임자들, 그리고 몇 분 전까지만 해도 우주선에 타게 되는 영예를 소중하게 생각했던 여섯 명의 비행사와 선생님의 가족들…… 모두들 끔찍한 사고에 어쩔 줄 몰랐을 거야. 나도 일이 손에 잡히지 않았단다. 하지만 그런 사건이 왜 일어났는지에 대해서 알아봐야겠다는 생각은 하지 못했어.

사실 나는 우주왕복선을 그렇게 대단하게 평가하고 있지 않았어. 너희도 우주왕복선이 무엇인가 조금 알고 있겠지. 우주로 가는 로켓은 한 번 발사하고 나면 쓰레기가 되어버리는 일회용짜리가 있고 다시 쓸 수 있도록 왕복선으로 만든 것이 있단다. 하지만 우주왕복선은 일회용 로켓을 만들 때보다 비용이 엄청나게 들었어. 그런데도 학술지에 실릴 만한 중요한 발견을 하지는 못했지.

나는 우주왕복선의 실패에 대해서 더 이상 생각하지 않았어. 그런데 사고가 나고 며칠 뒤 그레이엄이라는 사람이 전화를 했어. 나를 우주왕복선에 어떤 문제점이 있었는지 밝히는 조사위원회 위원으로 추천했다는 것이었어! 조사위원들을 12명 뽑을 건데 그중에 현직 과학자가 한 명 있고, 그 과학자가 바로 나라는 거야. 그리고 워싱턴에서 조사를 하게 될 것이라나.

워싱턴이라고? 대통령이 살고 의원들이 우글우글하는 곳이잖아! 나는 평생 그 도시에 가고 싶은 생각이 없었단다. 근처에도 가고 싶지 않았어. 나는 정치를 좋아하지 않았어. 정치든 뭐든, 누가 나에게 책임 있는 자리라도 맡길 눈치가 보이면 언제나 멀찌감치 도망갔는걸.

나는 아내에게 말했어.(참, 내가 다시 결혼했다는 말을 안 했구나.)

"여보, 그런 일이라면 다른 사람을 구할 수 있겠지? 나 말고도

파인만 씨, 농담도 잘하시네요

할 사람이 틀림없이 있을 거야."

상냥한 아내는 이렇게 말해주겠지. 그래요, 당신은 아프고 할 일을 하기에도 시간이 모자라요, 그리고 정부에서 하는 일이라면 당신에게는 어울리지 않아요…….

그런데 웬걸! 아내는 단호하게 말했어.

"그렇지 않아요. 누가 당신처럼 할 수 있겠어요? 조사위원들은 떼를 지어서 이리저리 몰려다니기만 할 거예요. 하지만 당신이라면 나머지 열한 사람이 바쁜 척할 동안 수상한 것들을 끝까지 조사하겠죠. 당신은 찾아내고 말 거예요. 뭔가 잘못된 것이 있기만 하다면 말이에요."

흠…… 나는 아내의 말에 넘어가고 말았단다! 아내가 나를 추켜세운다는 걸 알면서도 말이야. 나는 챌린저호 사고의 조사위원이 되기로 했어.

나는 다른 일을 모두 접고 한 가지에만 매달리기로 했어. 시간을 낭비해서도 안 되고, 미적거려서도 안 되고, 헛다리를 짚어서도 안 되지. 물리학 연구도 강의도 탐험가의 꿈도 모두 뒤로 미뤘어. 까짓 거, 몇 달 동안 자살하는 셈 치지 뭐!

챌린저호
폭발 원인을 밝혀라

"탁상머리 회의나 하다가 주말이니까 쉬라고?
도대체 조사를 하겠다는 거야, 말겠다는 거야.
나는 무엇인가 일을 해야겠단 말이네. 돌아다니면서
현장 기술자들하고 직접 이야기를 해봐야겠어."

챌린저호 조사위원으로 일하면서

기술자에게 배워야 해

이튿날 워싱턴에서 첫 회의가 열리기로 되어 있었어. 그럼 모레부터 시작하면 될까? 그렇지 않았어. 나는 미리 준비를 해야겠다고 생각했어. 먼저 우주왕복선에 대해서 가능한 한 자세히 알아두어야겠다고 말이야. 나는 우주로켓에 대해서 전문가가 아니니 나에게 모든 지식을 알려줄 전문가를 만나야겠다고 생각했지.

나는 미국항공우주국의 연구소를 찾아갔어. 내가 만나고 싶은 사람은 학자나 책임자가 아니라 현장 기술자였단다.

제대로 가르쳐주지 않으면서 어려운 전문용어만 들이대는 사

파인만 씨, 농담도 잘하시네요

람들이라면 나는 욕을 퍼부어주고 싶어. 하지만 기술자들은 얼버무리지 않고, 아는 것이라면 곧바로 대답해주고 모르는 것은 모른다고 할 거라 믿었지.

나는 우주로켓 기술자들과 만나서 끊임없이 질문했어. 내가 질문했는데 만약 자신의 전문 분야가 아니라면 "이것은 ○○가 잘 압니다." 하고 말해주는 거야. 그러면 당장 그 분야의 전문가가 뛰어왔단다. 성실하게 분명하게 쉽게, 시간을 낭비하는 일 없이 설명해주었기 때문에 나는 몇 시간 동안에도 엄청난 공부를 한 셈이었어. 그분들이야말로 자기가 하는 일을 잘 알고 있고 잘 설명할 수 있는 훌륭한 선생님이라고 생각한단다.

이거, 감이 잡히는데?

나는 조사위원으로서 우주왕복선에 대해 알아야 할 거의 모든 것들을 알게 되었어. 그리고 반드시 사고의 원인을 알아내고 문제점을 빨리 해결해야겠다고 다짐했지. 수많은 기술자들이 열심히 일해서 그렇게 복잡하고 까다로운 우주선을 만들었는데, 사람을 태운 채 한순간에 폭발해버리다니…… 우주선을 만든 기술자들은 얼마나 가슴이 아프고 죄인 같을까. 그들은 다시 일할 엄두도 못 내고 있었단다.

파인만, 과학을 웃겨 주세요

기술자들의 보고를 듣는 동안 나는 무엇을 파헤쳐야 하는지 어렴풋이 느꼈어. 우주왕복선은 오른쪽과 왼쪽에 고체연료 추진로켓이 달려 있는데, 이 로켓이 우주선을 수직으로 하늘로 쏘아 올리지. 그러고 나면 로켓은 우주선에서 분리되어 바다로 떨어지고, 이것을 회수해서 다음번에 다시 쓰게 된단다.

고체연료 추진로켓은 커다란 원통 두 개를 이어서 만든다. 아이들이 물로켓을 만들 때 플라스틱 음료수 병 두 개를 이어붙이는 것처럼 말이야. 두 원통이 연결되는 곳에 고무로 만든 링이 들어가는데, 굵기가 연필만 하고 다 펴면 길이가 10미터쯤 되지. 로켓의 원통 두 개를 잇고 나서 생긴 틈을 이 고무 링이 막고 있는 거야.

하지만 우주선이 발사될 때는 고체연료 추진로켓 내부의 압력이 순식간에 치솟고 로켓을 이은 곳에 틈이 벌어지는데, 그 틈을 막기 위해서는 압축되어 있던 고무 링이 거의 1000분의 1초 만에 팽창해야 한단다.

그런데 기술자들 말로는 이 고무 링이 우주왕복선을 발사하는 동안 몇 번 녹았다는 것이었어. 엄청난 기술이 집약된 우주선에 고무 하나가 잘못된다고 무슨 일이 있을라고? 천만에! 그깟 고무 줄이라고 우습게 보면 안 돼! 링이 제 역할을 못한다면 로켓의 이음매 사이로 뜨거운 가스가 새어 나오고, 우주선이 발사될 때 이

파인만 씨, 농담도 잘하시네요

런 사고가 나면 챌린저호처럼 폭발할 수도 있다는 얘기였어!

내가 유명한 사람인 줄 알았지 뭐야

이거, 감이 잡히는데? 하지만 고무 링이 문제였다면 왜 이제까지 다른 우주왕복선들은 아무 문제가 없었을까? 왜 1986년 1월 28일 발사된 챌린저호에서만 사고가 난 것일까…… 궁금했지만 그 이유는 알 수 없었단다.

이 정도까지 알고 난 다음 나는 첫 회의에 참석하러 워싱턴으로 날아갔어. 호텔에 짐을 갖다 놓고 택시를 탔지. 회의 장소에 대해서 내가 아는 건 번지뿐이었어.

하지만 그곳에 가보니 쓰러질 것 같은 건물들뿐이었고, 내가 받아 적은 주소대로라면 가운데 있는 공터가 바로 회의 장소였단다! 어찌어찌하여 회의 장소라고 짐작되는 곳을 다시 찾아갔건만 늦고 말았지. 철두철미하게 준비한 내가 지각을 해버리다니, 하지만 그사이에 진행된 일은 아무것도 없어 보였단다. 그들은 그저 1시간째 인사만 하고 있었어.

다음 날 열리는 두 번째 모임은 무언가 제대로 된 회의겠지…… 위원회에서 보낸 운전기사가 나를 데리러 왔을 때 나는 그렇게 믿었어.

회의장으로 가는 길에 운전기사가 말했어.

"회의에 유명한 분들이 참석한다지요?"

"예, 뭐, 좀 그렇죠."

"유명 인사들의 사인을 모으는 게 제 취미인데, 부탁 좀 드려도 될까요?"

"그럼요."

나는 흔쾌히 펜을 꺼냈지. 그런데 운전기사가 이러는 거야.

"도착하면 어느 분이 닐 암스트롱인지 가르쳐주십시오."

하하! 암스트롱 씨! 달에 처음 발을 디딘 사나이! 처음으로 달의 흙을 밟은 사람! 나는 펜을 얼른 주머니에 집어넣었지. 아휴, 내가 꽤 유명한 사람인 줄 알았지 뭐냐.

미리 말하자면 나는 챌린저호 조사를 맡고 사고 원인을 밝혀낸 덕분에 대중지에 실리고 TV에 얼굴도 나왔단다. 나는 과학자들 사이에서 노벨상 수상과 물리학 연구, 게다가 썩 괜찮은 봉고 연주 실력과 전문 금고털이들도 울고 갈 만한 금고 따기 기술로 조금 알려져 있었지만 그렇다고 보통 사람들한테까지 유명한 사람은 아니었어. 하지만 이 일로 맥줏집 종업원이나 운전기사들까지도 나를 알게 되었지. 이런, 내가 지금 자랑이나 늘어놓을 때가 아니지.

나는 회의장에 가고 있었고, 내가 무슨 일을 해야 하는지, 어떻

파인만 씨, 농담도 잘하시네요

게 해야 하는지 잘 알고 있었어. 나는 오로지 챌린저호 조사만 열심히 할 준비가 되어 있었어. 놀이에 푹 빠진 아이처럼 그것만 열심히 하려고 했지. 아이들은 놀 때 자기가 무슨 놀이를 하고 있는지 잊지 않는단다. 어른이 같이 놀면서 노는 척만 하고 있으면 아이는 당장 알아차리지. "왜 안 놀아? 재미없어?" 그렇단다. 나도 걱정이 되었어. 조사위원회가 하는 척만 하고 정말로 조사하지 않으면 어떡하지?

조사하는 척만 하는 조사위원회

내 걱정대로였어. 조사위원회는 워싱턴에서 매일 무슨 일인가 하고 중요한 회의도 하는 듯이 보였지만, 이리저리 서류 뭉치를 옮기고만 있었을 뿐이란다. 조사위원들 중에는 항공과학이나 물리학을 전공한 사람도 있어서 미국항공우주국의 관계자들을 모셔놓고 꽤 날카로운 질문도 했지만 그들은 한결같이 "거기에 대해서는 나중에 답변 드리겠습니다." 하는 것이었어. 그리하여 위원회는 수요일에도, 목요일에도, 금요일에도 성과 없이 회의만 하고 있었지. 그런데다 주말이 되었고, 주말이니 푹 쉬라는 것이었어!

나는 그럴 수 없었어. 혼자서 조사해보겠다고 했지. 위원장은 안 된다고 했어.

"일정대로 모두 함께 움직여야 합니다!"

도대체 챌린저호 사고의 원인을 알아낼 생각이 있기나 한 걸까? 위원회에서는 제대로 끝까지 조사할 수 있을까? 위원장은 법률적인 절차를 생각하느라 바쁘고, 고위 관리들은 정치를 생각하느라 바쁘고, 별 두 개짜리 장군도 노련한 우주비행사도 미국항공우주국에 곤란한 질문을 하기 힘들어 하고……

하지만 나는? 나는 그저 과학자일 뿐이었단다. 우주선에 무슨 일이 일어났는지 꼼꼼하고 정확하게 누구의 눈치도 보지 않고 용감하게 조사할 수 있는 사람. 눈곱만 한 진실이라도 외면해서는 안 되는, 과학자……

나는 막무가내로 일을 시작했어. 미국항공우주국의 연구소와 우주선 조립 공장의 기술자들을 만났고 정말 화나는 이야기를 들었어. 고무 링에 문제가 있고 우주선이 위험할 수 있다는 것을 여러 번 보고했고 관리자들도 알고 있었다는 것이었어. 하지만 아무것도 달라지지 않았다는 거야. 미국항공우주국은 이렇게 결정을 내렸지. 지금까지 우주선이 성공적으로 발사되었으면 심각한 일이 아니다!

그들은 보고를 받고도 모른 척했어. 문제가 있다는 것을 알면서도 보지 않으려고 했지. 그래서 정말로 장님이 되었던 거야. 그

파인만 씨, 농담도 잘하시네요

들은 우주선과 승무원의 생명이 위험에 빠질 확률을 계산했을 때에도 냉철하게 판단할 수 없었단다. 현장 기술자들은 위험 확률이 100분의 1이라고 했고, 관리자들은 10만 분의 1이라고 주장했지. 10만 분의 1이라는 값은 우주왕복선을 300년 동안 매일 운항했을 때 딱 한 번 사고가 난다는 뜻이란다!

그래, 실험을 해 보이자!

주말이 끝나고 다시 회의가 시작되었어. 하루는 회의 중간에 한 남자가 뛰어들어 왔단다. 우주선을 만든 티오콜사의 기술자였는데, 그 사람이 말하길, 티오콜사의 기술자들은 날씨가 추우면 고무 링이 제 기능을 못할지 모른다고 걱정이 많았다고 했어. 그래서 기온이 12도 이하로 떨어지면 우주선을 발사하지 말라고 책임자들에게 조언했다는 거야. 그런데도 챌린저호는 발사되었고, 그날 기온은 경고했던 것보다 14도나 낮은 영하 2도였단다!

위원장은 위험을 무릅쓰고 찾아온 티오콜 기술자의 말을 심각하게 받아들이지 않았어. 어쩌면 너무나 심각하게 생각했는지도 모른단다. 이건 아주 아주 민감한 문제라서 일반인들에게는 당분간 알리지 말아야 한다고 말했으니까.

나는 할 일이 분명해졌단다. 고무 링에 문제가 있었는데도 왜 다른 때는 사고가 나지 않았다가 1월 28일 발사 때에만 사고가 터졌는지 알게 되었으니까 말이야. 나는 고무 링이 추위에 얼마나 영향을 받는지 당장 실험해봐야 했어. 하지만 위원회에서는 더 파헤쳐보려고 하지 않았지.

저녁을 먹으면서도 나는 씩씩거렸어. 그런데 식탁에 얼음물이 있더구나. 그래, 얼음물! 위원회 회의 때면 언제나 탁자에 얼음물이 놓였지. 얼음물이 있다면 그 자리에서 챌린저호가 발사되던 때의 영하 2도랑 비슷한 조건을 만들 수 있잖아.

회의가 열려봤자 어제 했던 소리를 오늘 되풀이하고 있을 뿐인데, 차라리 회의 중간에 실험을 해 보이자! 그냥 해보는 거야.

자, 이제 고무 링만 있으면 되었어. 나는 다음 회의 때 위원장이 조사위원들에게 직접 보여주기 위해 로켓 모형을 가지고 온다는 이야기를 들었단다.

다음 날 아침 일찍 나는 숙소를 나왔어. 철물점으로 갔단다. 내 실험을 도와줄 훌륭한 도구들이 그곳에 있었거든. 하지만 이른 시간이라 철물점은 아직 문을 열지 않았어. 밖에서 기다렸다가 주인이 오자마자 펜치와 드라이버와 클램프를 샀어.

그런데 나는 회의 때까지 참을 수 없었단다. 나는 고무 링을 미리 구해서 혼자서 실험을 하고 말았어. 몰래 실험하고 싶지는 않았는데 말이야. 내가 먼저 실험해본 뒤에 자, 보시오, 하고 사람

파인만 씨, 농담도 잘하시네요

챌린저호 조사위원회에서 우주왕복선의 문제점을 설명하고 있는
리처드 파인만. 즉석에서 얼음물로 실험을 해 보인 뒤 파인만은
한때 TV 뉴스에 자주 나오는 스타 과학자가 되기도 했다.

들 앞에서 똑같은 실험을 한다는 것은 정직하지 못한 일 같았거든. 하지만 확실한 증거를 보이기 위해서 어쩔 수 없었단다.

얼음물, 얼음물이 필요해!

회의 시간이 되었어. 공구도 준비했고 미리 실험도 해보았는데 어럽쇼, 얼음물이 보이지 않았어! 나는 직원에게 급히 얼음물 한 잔을 부탁했어. 그런데 얼음물이 도통 나오지 않는 거야. 조사위원들이 로켓 모형을 차례차례 돌려보고 있는데도 얼음물은 소식이 없었어. 얼음을 얼리고 있는 거야, 뭐야. 이제 곧 내 차례인데! 아이고, 로켓 모형이 내 손에 들어오고 말았어.

알고 보니 직원이 친절하게도 회의에 참석한 모든 사람에게 얼음물을 내오느라 시간이 걸렸더라고. 드디어 애타게 기다린 얼음물이 나왔어.

물론 나는 마시지 않았지. 나는 호주머니에서 펜치와 드라이버와 클램프를 꺼냈어.

"여러분, 여기를 보십시오. 제가 지금 로켓 모형에서 고무 링을 떼어내겠습니다. 이 고무 링은 챌린저호에 쓰인 것과 똑같은 재질로 만들어졌지요. 이제 제가 이것을 클램프로 눌러서 우주왕복선에 끼어 있을 때처럼 압축해보겠습니다. 클램프를 놓으면 당연

파인만 씨, 농담도 잘하시네요

히 고무 링이 원래 모양으로 돌아오겠지요?”

조사위원들은 어리둥절해서 내가 하는 실험을 쳐다보았어. 나는 고무 링이 원래 모양으로 잘 돌아온다는 것을 위원들에게 보여준 다음에, 이번에는 압축시킨 고무 링을 사고가 났던 날처럼 추운 날씨를 재현하기 위해 얼음물에 담갔단다.

그런 뒤 얼음물에서 꺼냈을 때 고무 링은 원래 형태로 되돌아오지 않았어!

“여러분, 보시오! 얼음물에 담갔더니 고무 링이 팽창하지 않습니다! 우주선이 발사될 때 순식간에 팽창해서 틈을 막아줘야 할 고무 링이 말입니다. 챌린저호가 발사되던 날도 이렇게 추운 날씨였습니다!”

하지만 위원들은 길거리에서 말썽부리는 사람을 쳐다보듯 눈살을 찌푸렸어. 기자들은 내가 한 실험이 무슨 뜻인지 몰랐어. “고무 링이 무엇인지 자세히 설명해주시겠습니까?” 빗나간 질문이나 하고. 아아, 빌어먹을! 명명백백한 실험이었는데도 그 자리에 있었던 사람들은 몰랐던 거야.

그렇게 끝났더라면 나는 속상하고 분해서 눈물이 났을 거야. 하지만 그날 밤에 내가 한 실험이 TV에 방송되었어. 덕분에 온 세상에 알려지고, 해설을 듣고, 사람들은 그 얼음물 실험이 무슨 뜻인지 이해하게 되었단다.

미국항공우주국과 정부, 조사위원회조차도 덮어버리고 넘어가
고 싶었겠지. 사람들이 이 실험을 눈으로 보지 않았더라면 책임
자들은 기온이 영하로 내려가든 말든 고무는 제 기능을 한다고
끝까지 우겼을 거야.

파인만 씨, 농담도 잘하시네요

자연은
속일 수 없다!

"과학 기술이 성공하기 위해서는 정부의 요란한 선전과
대중의 열광보다 과학적 진실이 앞서야 한다.
자연은 속일 수 없기 때문이다!"

파인만의 《우주 왕복선 챌린저호 조사 보고서》

과학자이기 때문에

나는 언제나 즐겁고 좋아서 자연을 연구했을 뿐이란다. 하지만
챌린저호 일을 끝냈을 때는 기쁘고 뿌듯했어. 과학자이기 때문에
할 수 있는 중요한 일을, 그것도 잘해낸 것 같았거든.

내가 정의를 지키기 위해 그 모든 노력을 했다고 말한다면 그
건 거짓말이야. 왜냐하면 나는 도덕이나 철학 같은 것에는 마음
을 쓰지 않는 사람이니까. 나는 내가 오직 과학자이기 때문에 끝
까지 파헤칠 수 있었다고 생각한단다.

과학자라면 자연을 속일 수 없다는 것을 알고 있지. 과학자가

파인만, 과학을 웃겨 주세요

실험을 하고 질문을 던지면 자연은 있는 그대로 대답한단다.

과학자의 일은 자연에게 이래라저래라 하는 것이 아니고 자연이 하는 말을 자세히 듣는 거란다. 과학자들은 실험을 할 때 자신이 원하는 대로 결과가 나오지 않을 수 있다는 것을 잘 알고 있어. 무언가 발견을 했다면 자신이 원하던 결과가 아니더라도 겸허하게 받아들여야 하고, 또 어떤 이론을 만들었다면 그 이론의 훌륭한 점을 설명하면서 나쁜 점도 동시에 인정해야 하지.

과학을 공부하고 과학자의 길을 걷는 사람은 이런 자세가 저절로 몸과 머리에 밴단다. 그러니 이런 자세를 갖는 건 과학자에게는 당연한 일이지. 하지만 이것이 쉽지만은 않다는 것도 너희가 꼭 알았으면 싶구나. 왜냐하면 자기를 속이는 것이 그리 어려운 일이 아니어서 그렇단다.

옛날에 로웰이라는 과학자가 자기 집에 천문대를 만들어놓고 화성을 관찰한 일이 있었어. 어느 날 로웰은 대단한 발견을 했어. 화성에서 운하를 발견했거든. 그건 가로세로로 곧게 뻗은 선이었는데 그런 거라면 자연이 만들 수 없고 지적인 생물체라야만 만들 수 있으니 운하가 틀림없다고 생각했어.

세상이 떠들썩했단다. 화성에 외계인이 살고 있다! 로웰은 정말로 화성에서 곧게 뻗은 선들을 발견했다고 주장했는데 나는 그 사람이 거짓말쟁이여서 그랬다고 생각하지 않는단다. 로웰은 화

파인만 씨, 농담도 잘하시네요

성에 외계인이 살고 있기를 진심으로 바라고 믿었기 때문에 아무도 관찰하지 못하는 선들을 혼자서 보게 된 거야.

그런 것처럼 항공우주국의 관리자들도 기술자들이 경고를 했는데도 스스로를 속이고, 믿고 싶은 대로 믿으며 모든 것이 잘되어 간다고 오랫동안 우겼던 것이 아닐까.

누가 챌린저호를 망친 걸까?

TV에 얼음물 실험이 방영된 후로 조사위원회는 훨씬 바빠졌어. 이런 일이 왜 일어났는지 정말로 조사해야 했으니까. 나도 할 일이 많았어. 하루는 캘리포니아에, 다음 날은 앨라배마에, 다음 주에는 텍사스, 다시 워싱턴, 이번에는 플로리다…… 동서남북으로 날아다니느라 어떤 때는 내가 어디에 와 있는지도 헷갈릴 지경이었어.

사고 원인은 밝혀졌지만 우주왕복선 문제를 전체적으로 조사하고 보고서를 쓰는 데는 몇 달이 더 걸렸어. 나는 고무 링뿐만 아니라 우주선의 엔진이나 다른 곳에도 문제가 많다는 것을 알게 되었어. 기술자들은 이건 보통 일이 아니라고요! 이대로는 안 돼요, 비명을 지르고 있었지만 관리자들은 계속 모른 척하고 있었던 거야.

나는 왜 기술자들과 관리자들의 생각이 이렇게 다를까 추측해 본단다. 기술이 모자라서 우주선에 사고가 생겼다는 것보다 기술자와 관리자들의 생각이 다르고, 관리자들이 위험을 모른 척했다는 사실이 정말로 위험한 일이라고 생각하거든.

처음에 미국항공우주국이 우주선을 달에 보내려고 노력했을 때, 달 착륙은 모두의 목표였지. 인간이 지구를 떠나 우주 공간을 가로질러 밤하늘 저 멀리서 빛나고 있는 그 땅을, 사람들이 이야기로나 상상해볼 수 있었던 그 땅을 두 발로 두드려볼 수 있다니! 과연 그런 날이 올까, 이루어낼 수 있을까, 벅찬 마음으로 하나가 되어 일했단다. 만약 우주복의 장갑 하나, 오줌주머니 하나라도 제대로 준비되지 않으면 달에 갈 수 없으니 모든 직원들이 다른 사람들의 일에 관심을 가질 수밖에 없었어. 하지만 달 착륙에 성공하고 나자 새로운 문제가 생겼단다.

그동안 미국항공우주국은 거대한 조직이 되었는데, 그 때문에 계속 어마어마한 예산을 따내야 했어. 그러자니 점점 더 눈부시고 훌륭한 일을 해내야만 했지. 예를 들면 일회용짜리가 아니라 몇 번이나 다시 쓸 수 있는 우주왕복선을 성공적으로 만들어서 국민들과 정부를 설득하는 거지.

하지만 맨 밑바닥에서 일하는 기술자들은 그렇지 않았어. 아닙니다, 아닙니다, 우리는 그렇게 여러 번 비행할 수 있는 안전한

파인만 씨, 농담도 잘하시네요

우주왕복선을 아직은 만들 수 없습니다, 위험한 일이 일어날지도 모릅니다…….

하지만 고위관리들은 기술자들의 이야기가 이제 더 이상 듣기 싫었단다. 아니면 알면서도 모른 척하거나. 머릿속 양팔저울은 점점 균형을 잃었어. 한쪽 팔에는 걱정이라는 추를 달고 한쪽 팔에는 꿈이라는 추를 달고 있지만 걱정이라는 추는 완두콩만큼 가볍고, 우주선을 멋지게 쏘아 올려 기대를 계속 받고 싶은 야망은 너무나 무거운 나머지 기술자들의 조언을 묵살하고 말게 된 거란다.

안타깝게도 이런 일이 우주왕복선과 미국항공우주국에만 있는 것이 아니야. 과학은 때때로 과학의 울타리를 넘어서 정치나 정책, 야망 같은 것들과 뒤범벅되기도 한단다. 그래서 원자폭탄 같은 무시무시한 무기가 태어나기도 하고 유전자를 마음대로 변형하는 일도 일사천리로 진행되는 것이지.

마침내 조사위원회는 일을 끝냈고 우리들은 공식 보고서를 작성했어. 나는 내가 쓴 보고서를 위원회의 공식 보고서에 넣으려고 애썼지만 반쯤만 그렇게 되었어. 본문에는 싣지 못하고 뒤꽁무니의 부록이 되었으니까.

나는 내가 사랑하는 캘리포니아 공과대학으로, 아내와 아이들이 기다리는 집으로 돌아왔어. 친구들은 내가 몰라보게 해쓱해졌다고 했단다.

나, 이제
죽어도 돼?

"나는 모든 곳에다 나를 뿌려놓았지.
그러니 내가 죽는다고 해도 완전히 가버리는 건 아니야."

리처드 파인만

우물쭈물하다가 내 그럴 줄 알았지!

나는 1988년에 죽었단다! 정확히 날짜도 기억하는걸. 2월 15일 밤 10시 34분이었어!

나는 이틀 동안 혼수상태에 빠져 깨다가 자다가 했단다. 죽을 때는 정말 지루했어. 난 지루한 건 못 참는데 말이야. 마지막으로 나는 아내에게 물었어.

"나, 이제 죽어도 돼?"

"예, 죽어도 좋아요."

나는 한평생을 유쾌하게 살았고, 열심히 놀았단다. 남들은 일

파인만 씨, 농담도 잘하시네요

이라고 했지만 나는 정말로 물리학을 하며 놀았는걸! 사람들이 나에게 일주일에 물리학 연구를 몇 시간이나 하느냐고 물으면 대답할 수가 없단다. 내가 연구를 하는지 노는지 알 수가 있어야지!

한 가지 아쉬운 것이 있다면 끝내 투바에 가지 못했다는 거야. 미국의 저명한 과학자로 러시아를 방문하는 것이었다면 일이 쉽게 이루어졌을지도 모른단다. 하지만 나는 저명한 과학자가 아니라 그저 이름 없는 오지 탐험가로 투바에 가고 싶었던 거라고! 그래서 여느 사람들이 하는 대로 절차를 밟아야 했는데, 일이 어찌나 더디던지! 내가 죽고 나서야 입국 허가증이 날아왔단다! 우물쭈물하다가 내 그럴 줄 알았지. 관리들은 일을 안 해! 고급 회전의자에 앉아서 엉덩이나 빙빙 돌리고 말이야.

하긴 불평하면 안 되지. 사실 나는 1981년에 죽을 수도 있었는데 모턴 박사님 덕분에 7년이나 덤으로 살았는걸. 모턴 박사님 고마워요!

파인만 씨, 농담도 잘하시네요!

큰 수술을 두 번이나 받고도 나는 멀쩡하게 살아났단다. 수술이 끝나고 석 달 후에는 캘리포니아 공과대학에서 주최하는 〈남태평양〉 뮤지컬 공연에도 출연했지. 타히티 무용수들이 춤추는

드럼을 치고 있는 리처드 파인만. 음악과 춤, 수수께끼와 농담을 좋아했던
파인만은 고래 배 속을 탐험하듯 물리의 세계를 즐겼다.

파인만 씨, 농담도 잘하시네요

앞에서 머리에 깃털 장식을 꽂고 추장 망토를 두르고 드럼을 연주했단다. 덕분에 타히티 말도 배웠는걸. 너무 아파서 공연 내내 누워서 잠을 자야 했고, 추장이 등장하는 장면에만 잠깐씩 나갔을 뿐이지만 행복했지. 그때부터 내 별명은 '추장'이 되었어.

추장은 너무 아프고 너무 바빴어! 1985년 여름에는 일본으로 여행을 떠났단다. 도쿄대학교에서 일본 최고의 고급 호텔에 묵게 해주었지만 우리 부부는 시골의 작은 일본식 여관에 묵었단다. 암, 여행은 그렇게 하는 거야!

그리고 이듬해에는 내 이야기가 책으로 나왔어! 친구의 집에 놀러 갔다가 그 아들 녀석이 드럼 치는 걸 보았는데 나보다 잘 치지 뭐냐. 그 애는 정말로 괜찮은 음악가였거든. 우리는 죽이 맞아서 날마다 드럼을 쳤지.

드럼을 치면서 내가 이야기를 들려주었는데 그 녀석이 너무나 시시콜콜하고 너무나 재미있다면서 내 이야기를 받아 적어 책으로 내게 된 것이지. 그렇게 해서 《파인만 씨, 농담도 잘하시네요!》란 책이 세상에 나왔어. 팬레터가 쏟아지고, 물리학이 무엇인지 모르는 보통 사람들도 내 이름을 알게 되었지 뭐냐.

하지만 한 할머니는 편지에 쓰기를, 내 이야기가 다 시시껄렁하다면서 책값이 아깝다고 하더구나. 그 할머니에게는 정중하게 답장을 쓰고 책값을 우편으로 보내드렸지.

나는 살날이 많지 않다는 걸 알았단다. 끝에는 오만가지 병에 걸렸어. 암 수술을 세 번 받았고, 고혈압, 심장부정맥에 시달렸으며 콩팥도 한 쪽 떼어냈어. 콩팥을 떼어내고 나니 갑자기 콩팥에 대해 궁금해지는 거야. 도서관에 가서 의학책을 뒤졌는데, 이 콩팥이란 것이 너무 재미있어서 시간 가는 줄 몰랐단다. 하하! 콩팥은 완전 미치광이더라고!

나는 내 목숨을 오랫동안 지켜준 모턴 박사님을 존경하지만, 히피 의사도 존경하게 되었어. 한번은 길에서 부정맥이 일어났는데, 심장이 요란하게 뛰고 가슴이 답답해지면서 어질어질 쓰러질 것 같았어. 모턴 박사에게 전화했더니 당장 병원에 와서 검사를 받으라는 거야.

가는 길에 한 히피 의사를 만났지. 히피 의사에게 내 증세를 호소했더니 탄산음료를 많이 마시라고 하더구나. 그래서 마셨지. 병원에 도착하기도 전에 *끄어어어어어억*! 요란하게 트림이 나오면서 심방 박동이 정상으로 돌아왔단다!

이런! 죽고 나서도 너무 많이 지껄이고 있구나. 죽어보니 알겠는데, 버릇은 죽고 나서도 고칠 수가 없는 거란다. 나는 지상에서 일흔 해를 살았고 하늘에서 스물다섯 해를 보내고 있지. 여기서는 할 일이 별로 없단다. 노과학자들과 하릴없이 체스를 두는 것밖에는. 나는 절대 과학자 노릇을 그만두고 싶지 않은데 말이야!

아깝다, 이그노벨상

나는 과학자의 전기라고는 한 권도 읽어본 적이 없단다. 전기란 대개 시시콜콜하고 따분한 내용들뿐이거든. 그런 걸 써서 너희들을 괴롭히고 싶은 마음은 눈곱만큼도 없어. 그러니 이 이야기를 과학자의 전기라고 생각하지 말기 바란다. 하긴 자기가 어떻게 자기의 전기를 쓸 수 있을까만. 그러니까 전기가 아니라는 건 더 변명하지 않아도 되겠지.

다만 너희에게 진실을 말해주고 싶어서 입이 근질근질했을 뿐이야. "임금님 귀는 당나귀 귀!"라고 소리치고 싶은 이발사처럼 말이지. 노벨상도 과학자도 잊어버리고, 그저 너희가 좋아하는 것을 열심히 하려무나. 그럼 언젠가 자기도 모르게 과학자가 되어 있을 테니 말이야.

내가 한 가지 정보를 줄까? 따분한 노벨상은 잊어버리고 '품위 없는 노벨상'에 도전해보는 건 어때? 안타깝게도 내가 죽고 나서 3년 뒤에 이그노벨상이란 환상적인 노벨상이 생겼지 뭐냐. 꼬마 아이, 할머니, 청소부, 과학자, 노벨상 수상자, 회사원, 말썽꾸러기…… 누구나 무슨 아이디어로 도전해도 되는데, 수상 기준은 이렇단다.

'기발하지만 쓸모없을 것.'

'반복할 수 없고, 반복해서도 안 되는 실험.'

'웃음을 터뜨릴 수 있는 것.'

'웃음을 시작으로 호기심이 생기고, 생각으로 이어질 수 있는 것.'

해마다 노벨상보다 먼저 이그노벨상을 수여하는데, 유명한 사람들과 평범한 사람들에게서 온갖 기발한 아이디어들이 쏟아져 나왔단다! 브래지어 방독면, 쉴 새 없이 나무를 쪼아대는 딱따구리가 두통에 안 걸리는 비결, 왈왈 개 짖는 소리를 통역해주는 기계⋯⋯.

상금은 무려 0원! 시상식 참가비는 각자 부담! 정말로 마음에 드는 건 바로 이것인데 수상 소감은 절대 60초를 넘지 않아야 한다는 거야!(60초를 넘으면 꼬마아이가 소리를 질러서 시간을 알려준다는구먼.)

이그노벨상 수상자에게는 '생각하다 굴러떨어진 로뎅' 그림이 있는 상장과 기념 상패를 준단다! 3년만 더 살았어도 골백번 도전했을 텐데! 내가 정말로 받고 싶은 노벨상이 바로 이런 것이었다고!

파인만 씨, 농담도 잘하시네요

리처드 파인만

Richard Phillips Feynman

1918	5월 미국 뉴욕 파라커웨이에서 태어났습니다.
1936	매사추세츠공과대학교(MIT)에 입학했습니다.
1942	프린스턴 대학원에 입학했습니다. 원자폭탄 개발 계획 (맨해튼 프로젝트)에 참여했습니다.
1945	코넬대학교의 이론물리학 교수가 되었습니다.
1950	캘리포니아공과대학교의 교수가 되었습니다.
1954	알베르트 아인슈타인 상을 받았습니다.
1963	캘리포니아공과대학교에서 1~2학년을 대상으로 수업한 〈파인만의 물리학 강의〉가 책으로 출간되었습니다. 이 책은 '불멸의 강의'라는 명성을 얻으며 전 세계 물리학도들의 필독서가 되었습니다.
1965	양자전기역학 완성에 기여한 공로로 노벨물리학상을 공동 수상했습니다.
1972	물리학을 훌륭하게 가르친 공로로 외르스테드 메달을 수상했습니다.
1973	닐스 보어 인터내셔널 골드 메달을 수상했습니다.
1986	챌린저호 참사 원인을 밝혀냈습니다.
1988	암으로 세상을 떠났습니다.

파인만, 과학을 웃겨 주세요

물리학을 공부해서 나는 어떤 일을 할까?

여러분이 만약 100년 전에 태어나서 물리학을 공부했다면 어떤 일을 했을까요?

아마도 교수님이 되어 대학에서 자신의 분야를 계속 연구했을 거예요. 아인슈타인, 보어, 볼츠만, 하이젠베르크, 슈뢰딩거, 퀴리…… 더 옛날에 갈릴레오와 뉴턴도 대학에 있었어요. 패러데이처럼 왕립 연구소에서 일하거나 정부 연구소에서 일할 수도 있고요. 부유한 귀족이라면 자기 집에 실험실을 차리고 혼자서 묵묵히 연구할 수도 있었지요.

100년 전, 몇백 년 전의 과학자들은 자연과 물질과 우주의 비밀을 조금이라도 더 이해하기 위해 자신의 삶을 바쳤어요.

공학과 기술 분야를 이끄는 물리학자들

오늘날에는 물리학자들이 그저 연구실 안에서 연구만 하는 것이 아니에요. 인류 생활 깊숙이 과학이 끼어들고 기술이 사회를 이끌게 되면서 물리학자들을 필요로 하는 분야가 점점 더 많아지고 있어요. 물리학자들은 지금 기업과 연구소, 사회 곳곳에서 여러 분야의 첨단 기술을 이끌고 있답니다. 여기에는 물리학자들의 첨단 지식과 새로운 아이디어, 권위에 눌리지 않고 논리적이고 분석적으로 사고하는 능력이 요구되지요.

오늘날 물리학은 나노기술과 컴퓨터공학, 정보기술(IT), 신소재 혁명, 금융과 주식, 기상이변과 지진, 뇌와 신경의 비밀, 의학과 생명공학, 심지어 음악과 작곡 분야에까지 널리 쓰이며 여러 연구의 바탕이 되고 있습니다. 물리학이 이전의 지식과 발견을 뛰어넘어 계속 발전하고 있기 때문이에요.

취업이나 연봉같은 실용적인 면에서도 물리학의 위치는 달라지고 있어요. 미국의 한 경제 잡지에 따르면 항공·화학·전기·전자공학 다음으로 물리학 전공자의 인기가 높다고 해요.

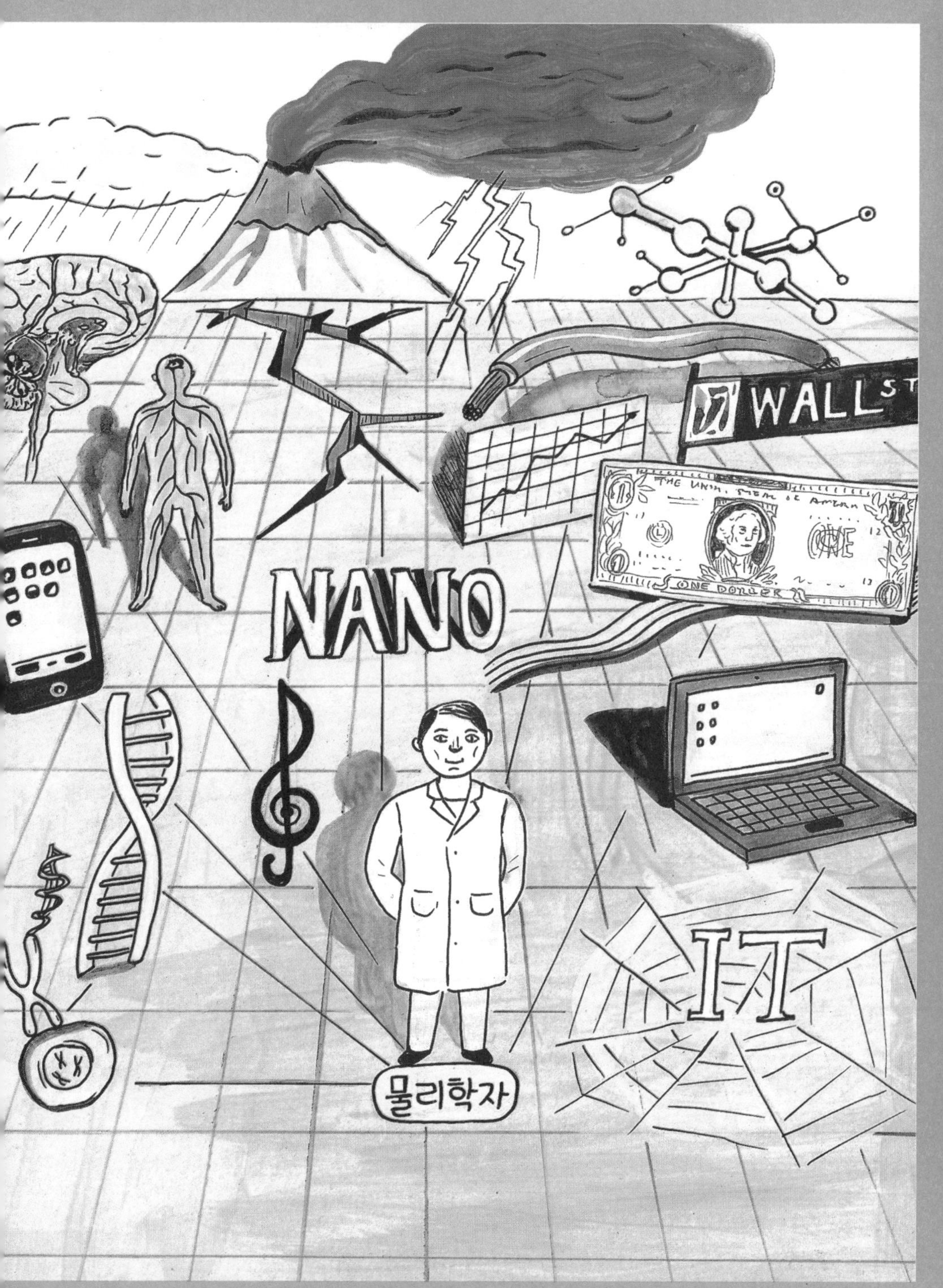

WALL St
THE UNITED STATES OF AMERICA
ONE
ONE DOLLAR
NANO
IT
물리학자

양자역학이 현대의 첨단 기술을 낳았어요

　20세기 전반에 물리학자들은 양자역학의 세계를 발견했어요. 원자와 원자 속에 있는 전자, 전자보다 더 작은 입자들의 비밀을 캐면서 그 세계에서는 인간의 상식으로는 도저히 믿을 수 없는 이상한 일들이 일어난다는 것을 알게 되었지요. 예를 들어 전자는 어떤 때는 완벽하게 파동처럼 보였다가 어떤 때는 완벽하게 알갱이로 보인다는 거예요. 이것은 마치 연못가에서 돌멩이로 물수제비를 떴을 때, 돌멩이가 통통통 앞으로 가는 줄만 알았는데 어느 틈에 돌멩이가 물결로 보였다가 다시 돌멩이가 되었다가 하는 것과 같았어요.
요술이 아니라 진짜로 말이에요!

　전자는 파동과 입자의 성질 둘 다를 가지고 있지만, 아무리 똑똑하고 정밀한 도구를 가진 천재 과학자라도 그 두 가지 성질을 한꺼번에 관측할 수 없고, 전자가 정말로 어떤 것인지는 아무도 알 수 없다는 거예요.

　물리학자들은 믿을 수 없었지만 양자역학의 세계를 겸허하

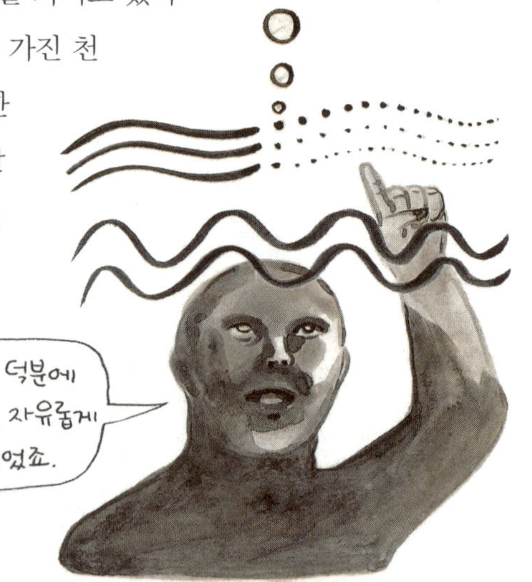

게 받아들였어요. 전자와 작은 입자들이 움직이는 방식을 이해하고 이 작은 입자들을 이리저리 다룰 수도 있게 되었지요. 그러자 예전에는 상상도 할 수 없었던 첨단 기술이 탄생하게 되었어요. 여러분이 날마다 쓰고 있는 휴대전화와 컴퓨터도 양자역학이 없었더라면 지금처럼 발전하지 못했을 거예요.

현대 세계는 컴퓨터를 포함하여 모든 산업이 전자기술의 발전으로 움직이고 있다고 해도 과언이 아니에요. 전자기술에서 가장 중요한 것은 반도체이고 컴퓨터의 핵심 부품들은 모두 반도체로 만들지요. 반도체를 만들려면 원자보다 더 작은 전자의 성질을 알아야 하고 전자를 다룰 수 있어야 해요. 양자역학 덕분에 우리는 전자를 다루는 기술을 알게 되었지요.

나노기술

양자역학을 이용해서 작은 입자들을 정교하게 다루는 기술을 나노기술이라고 부릅니다. '나노'는 그리스 말로 '난쟁이'라는 뜻이에요. 1나노미터는 10억 분의 1미터예요. 나노 세계란 작디작은 입자들의 세계를 말하지요.

리처드 파인만이 맨 처음 나노 세계의 가능성을 예언했어요. 1959년에 행한 어느 강연에서, 원자와 분자를 자유자재로 조작한다면 무궁무진한 가능성이 열릴 거라고 했지요. 머지않아 수십 권짜리 백과

물리학을 공부해서 나는 어떤 일을 할까?

사전의 글씨들을 바늘 끝에 모두 새길 수 있을 거라고요.

파인만의 예언대로 나노 기술은 이제 우리 생활 깊숙한 곳으로 들어왔어요. 여러분도 '은 나노'라는 말을 들어보았을 거예요. 은은 항균력이 뛰어나고 화학반응이 활발하게 일어나도록 도와주는데, 은을 나노 크기로 만들어 치약, 비누, 화장품, 옷감, 세탁기, 냉장고, 컴퓨터 안의 반도체 칩에 쓰고 있어요.

물리학자와 공학자들은 나노기술을 이용하여 원자 세계를 볼 수 있는 전자현미경과 원자현미경을 발명했어요. 나노기술로 등장한 실험 장비로 화학, 생물학, 유전공학도 더욱 정밀해지게 되었어요.

나노 세계에서 원자를 새롭게 조합하면 이 세상에 없었던 새로운 물질을 만들 수도 있어요. 예를 들면 탄소나노튜브가 그런 것인데, 굵

파인만, 과학을 웃겨 주세요

기가 사람 머리카락의 5만 분의 1밖에 되지 않지만 다발로 묶으면 강철보다 100배 강해서 우주 엘리베이터를 만드는 데 쓸 수 없을까 연구하고 있지요. 나노기술을 응용할 수 있는 분야는 무궁무진해서, 정보, 통신, 환경, 바이오, 에너지 같은 최첨단 기술 분야에 널리 쓰이고 있답니다.

새로운 물리학

20세기 후반에 물리학에서 또 한 번 혁명적인 분야가 새롭게 등장했어요. 예전의 물리학에서는 다루지 않았던 아주 복잡한 시스템을 연구하게 된 것이지요.

20세기 후반과 21세기에 젊은 물리학자들은 기상이나 바다의 난류, 주식시세처럼 복잡하고 혼돈스러워 예측할 수 없어 보이는 여러 현상 속에도 질서와 규칙이 있고 물리학 법칙이 들어 있다는 것을 발견했어요.

20세기 전까지만 해도 물리학자들은 우주와 사물에는 질서가 있다고 생각하고 그 규칙을 알아내려고 했어요. 하지만 실제 세계는 질서 정연하지 않은 것이 더 많았지요. 과학자들은 불과 이틀 후의 날씨도 정확하게 예측할 수 없었어요. 벌써 오래전에 일식이나 혜성의 운동을 완벽하게 계산했으면서도 말이에요.

담배 연기가 올라갈 때도 연기의 흐름은 이리저리 제멋대로이고,

순간순간 규칙적으로 뛰고 있다고 믿었던 심장박동조차도 일정하지 않다는 것을 알게 되었어요. 담배 연기가 어떤 모양으로 올라가고 어떻게 퍼지는지, 건강한 사람의 심장 박동이 왜 오히려 더 불규칙한지…….

이와 같은 문제들은 결코 답을 알 수 없을 것이라고 믿었을 때 정말로 그럴까 의심하는 물리학자들이 나타났어요. 그리고 이런 현상들이 실제로도 마구잡이로 혼란스러운 것은 아님을 알아냈지요. 질서가 없고 불규칙하게 보이는 현상들 속에도 질서와 법칙이 존재하는데, 현상들이 예측할 수 없을 만큼 몹시 혼란스러워 보이는 것은 처음 상황이나 조건이 극도로 미세하게만 달라져도 결과가 완전히 다르게 나타나기 때문이라는 것을 말이에요. 이런 것을 연구하는 물리학 분야를 카오스이론 또는 복잡성 과학이라고 부르지요.

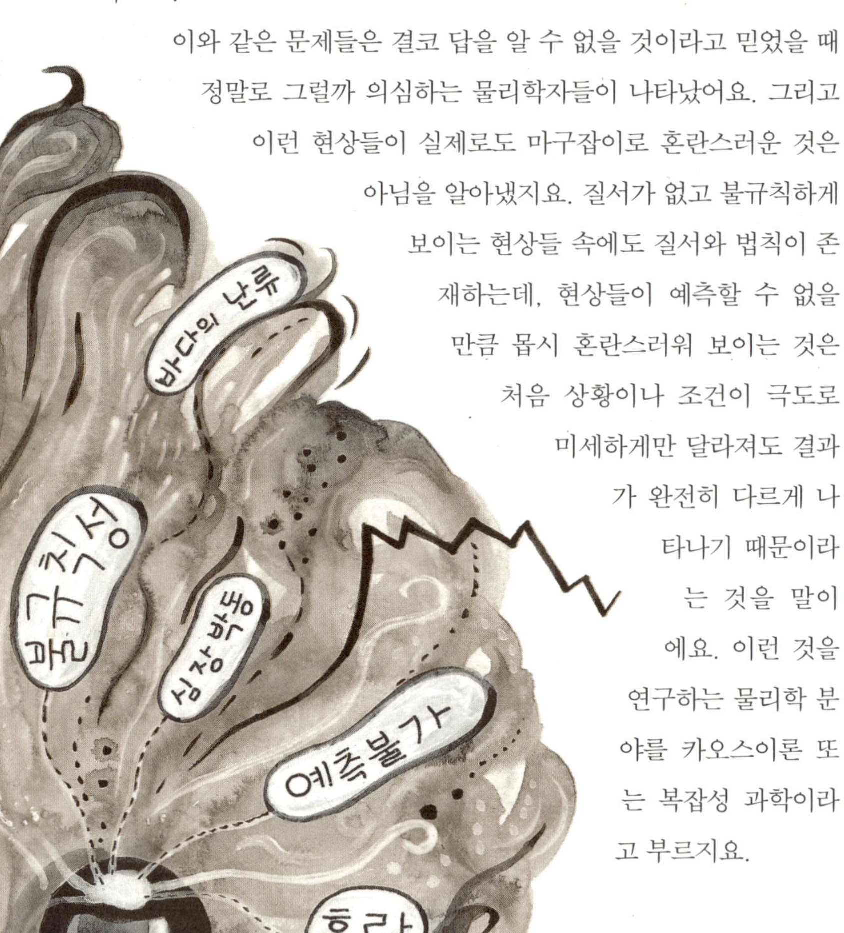

복잡성 과학이 등장하면서 자연현상뿐 사회현상, 경제, 생명공학 분야까지 물리학을 바탕으로 연구할 수 있는 분야가 점점 늘어나게 되었어요.

물리학자들은 심장박동과 뇌파, 백혈구의 농도 변화가 카오스 운동이라는 것을 밝혀내어 의학과 뇌과학 분야에서 신경과학자들과 함께 인간의 정신이 어떻게 작동되는지 연구하고 있어요.

복잡성 과학은 가전업계, 기상, 교통 등 여러 분야에 이용되고 있어요. 세탁기에 세제를 가장 알맞게 공급하거나 자동차나 비행기의 공기저항을 막기 위해 복잡성 과학을 이용한 설계를 하지요. 장애물을 만나면 스스로 알아서 비켜 가는 로봇, 교통 체증을 해소하는 방안, 지진을 예방하는 계획, 컴퓨터그래픽 기술에도 복잡성 과학을 다루는 물리 분야가 응용되고 있어요.

복잡성 과학을 다루는 물리학자들은 경제 분야에서도 일하고 있어요. 날뛰는 주식 시세의 혼란 속에서 어떤 규칙을 찾아내어 작게는 개인 투자자의 투자 전략을 세우고, 크게는 국가 금융정책 수립이라든지 국제 무역수지 균형, 대규모 투자 계획을 수립하는 문제에 이르기까지 금융공학이 관여하고 있지요.

좀 어렵게 느껴지나요? 만일 여러분이 티머니로 지하철을 이용하고 있다면 그 안에 적용된 물리학 이론을 한번 탐색해 보세요. 만일 여러

분의 부모님이 보험회사에 보험을 들고 있거나 증권회사에서 주식을 거래하고 있다면 모두 생활 속에서 물리의 도움을 받고 있는 거랍니다. 아 참, 구글에서 가장 좋아하는 인재가 수학과 물리학자라는 것도 빼놓을 수 없겠네요. 물리는 정말 즐겁고 하는 일도 많은 학문이랍니다.